COLLECTION FOLIO

Jérôme Garcin

Nos dimanches soir

Gallimard

Cet ouvrage est une coédition Grasset / Radio France.

www.franceinter.fr

Jérôme Garcin est né à Paris le 4 octobre 1956. Il dirige les pages culturelles de *L'Obs* et anime *Le masque et la plume* sur France Inter. Il est notamment l'auteur de *Pour Jean Prévost*, prix Médicis essai 1994, *La chute de cheval*, prix Roger Nimier 1998, *Théâtre intime*, prix Essai France Télévisions 2003, *Olivier* et *Le voyant*, tous parus aux Éditions Gallimard. Il a reçu le prix Prince Pierre de Monaco 2008 et le Grand Prix Henri Gal de l'Institut de France 2013 pour l'ensemble de son œuvre.

à Jeanne

« Puisque ces mystères nous dépassent, feignons d'en être l'organisateur... »

JEAN COCTEAU,
Les Mariés de la tour Eiffel

AVANT-PROPOS

Je suis né un an après la naissance du *Masque et la Plume*. Nous sommes presque du même âge. Nous avons grandi ensemble. Et nous vieillissons sans avoir vraiment l'impression de vieillir, sans nous être jamais quittés ni disputés, sans avoir non plus abdiqué nos principes et nos idéaux. Je pourrais écrire mon histoire personnelle dans le miroir et le sillage de cette émission qui me ressemble, me prolonge et, d'une certaine manière, me définit.

Je l'ai découverte bien des années après la mort accidentelle, révoltante et inacceptable de mon frère jumeau, Olivier, et quelques saisons avant la mort accidentelle, révoltante et inacceptable de mon père, Philippe. Elle a pacifié mon adolescence ombrageuse, exalté ma fringale démesurée de livres, de films, de pièces. Elle m'a donné la fièvre culturelle, m'a ouvert grand les yeux et les oreilles, a enflammé ma jeunesse estudiantine, m'a guidé vers les salles d'art et essai, les cinémathèques, les théâtres subventionnés. Je lui dois ensuite mes débuts professionnels devant un micro et un public. Elle m'a fait alors découvrir et pénétrer une France que je connaissais mal, vigilante, ardente, et avide de culture. Elle a calmé mon frénétique débit de paroles et contrarié, dans la chaleur du débat permanent, ma propension à l'ensauvagement. Elle m'a appris à me dédoubler, me métamorphoser, me juger, m'amuser, aussi. Elle seule a fait de moi – mais est-ce encore moi ? – un être hybride, journaliste, comédien, marionnettiste, Fregoli, maître de reprise, commandant de bord et agent de la circulation. À la fois, elle m'a autorisé à porter un masque et à tenir une plume.

Cela fait près de quarante ans que ses dimanches sont les miens et que mes dimanches lui sont dévolus. Même si l'émission est le plus souvent enregistrée le jeudi soir, je l'écoute chaque fois en feignant d'ignorer que j'en suis le présentateur, en pestant contre la sentence d'un critique, en riant de la saillie d'un autre, en m'étonnant d'un chahut que j'oublierais presque avoir moi-même méthodiquement et sournoisement fomenté… Car je n'ai jamais cessé d'en être l'auditeur fidèle et sourcilleux. Comme si, chaque semaine, je voulais m'assurer de la qualité, de la vitalité, de la pérennité du petit théâtre dont, par chance, j'ai hérité.

Les dimanches soir du *Masque* remontent, eût dit Vialatte, à la plus haute antiquité. Ils sont, avec la poule au pot, la 2 CV, *Les Pieds Nickelés*, les jardins de buis ouvragé, *La Guerre des boutons*, la bataille d'*Hernani*, les encyclopédistes des Lumières, la *NRF*, le village gaulois d'*Astérix*, « Messieurs les censeurs, bonsoir ! », les chansons de Charles Trenet, La Fontaine et Guignol, une tradition française, enviable à l'étranger (« *"The Mask and the Pen", Gaul's longest-running radio show devoted to popular arts* », selon le magazine américain *Vanity Fair*), mais inapte à l'exportation. On rappelle ici aux plus jeunes que, sous Pompidou et Giscard, notre pays allait le matin à la messe et, le soir, communiait avec les sermonneurs radiophoniques. En somme, les familles écoutaient d'abord le prêtre chapitrer en chaire, ensuite les vicaires de la critique prêcher au micro. La même journée sentait donc, à parts égales, l'encens et le soufre, le pain bénit et le film maudit.

Une fois la journée bien remplie, *Le Masque* sonnait l'heure du dîner, à la maison, ou agrémentait, en voiture, les retours de week-end et leur long cortège d'embouteillages – le temps du repas ou du voyage, la famille s'augmentait d'une parentèle excentrique, car en pénétrant dans la salle à manger ou l'habitacle au parfum d'huile et de skaï, les voix de Jean-Louis Bory et de Georges Charensol – « le jeune chien fou » et « le vieux grigou », selon Michel Polac –, de Matthieu Galey ou de Robert Kanters, de Jacques Siclier ou de Michel Ciment, de Bertrand Poirot-Delpech ou de Gilles Sandier empruntaient à celles de tontons lointains, joyeux et acariâtres, dont on craignait les colères et dont, parfois, la tendresse nous touchait au cœur. C'est ainsi que les enfants des parents auditeurs sont devenus à leur tour des adeptes de cette émission qui, avec son goût moelleux de madeleine proustienne et son arôme moussu de nostalgie, rassemble désormais et réconcilie parfois plusieurs générations. Écouter *Le Masque*, c'est se brancher sur l'actualité en remontant dans son passé, c'est entendre parler de la 3D dans un lointain ronronnement de 4L ou un ronflement rassurant de Peugeot 203 filant sur des nationales bordées de platanes au garde-à-vous.

J'avais une quinzaine d'années lorsque, pour la première fois, déplaçant sur les grandes ondes l'aiguille verte de mon Philips portatif, je suis tombé sur cette foire d'empoigne qui allait changer ma vie. Le son médiocre, touffu et grésillant ajoutait au mystère alors insondable de cette troublante cacophonie. Elle m'évoquait le cirque à l'ancienne et son rideau pourpre d'où seraient jaillis, sous les ovations, le clown blanc Bory et l'Auguste Charensol. J'avais soudain l'impression que mon poste allait imploser. C'est que, malgré la tourmente de Mai 68, la radio publique giscardienne des années soixante-dix était encore policée, réglementée, protocolaire ; on y parlait un français châtié où les subjonctifs étaient conjugués au passé et les liaisons, appuyées jusqu'à l'exagération ; on n'y émettait guère d'idées de gauche, et la culture y était toujours présentée avec des superlatifs de bonimenteur – la critique négative, sanguine, féroce n'existait alors que dans la presse écrite.

Et voilà des gens qui, à la nuit tombée, se tutoyaient, s'engueulaient, s'esclaffaient, ricanaient et, au mépris de toute bienséance, se coupaient la parole. Ils se traitaient de « pauvre type », d'« abruti » ou de « mal-comprenant ». Ils empêchaient même l'animateur d'animer, lequel semblait prendre plaisir à être dépassé, bousculé. Mais qui étaient-ils, à quelle société secrète appartenaient-ils, de quel maquis étaient-ils issus ? Comment pouvaient-ils, au XXe siècle, paraître sortir des salons savants de la marquise du Deffand et de Julie de Lespinasse ? Pourquoi s'écharpaient-ils à propos de livres ou de pièces que mon éducation d'abord et la khâgne ensuite m'avaient appris à analyser avec modération, à étudier avec équanimité, à commenter avec rigueur dans des dissertations et des exposés où le « je » était banni, où le moi insultait l'esprit de sérieux, où l'affectivité était prohibée et la lecture idéologique, interdite ? Et pourquoi étaient-ils tous, ou presque tous, des hommes aux voix de stentor et à l'autorité militaire – comme si les femmes, en ce temps-là, n'avaient pas leur place au tribunal des flagrants délires ? Un bruit de fond me rendait encore plus perplexe ; celui, qui m'était pourtant déjà familier, des salles de théâtre : là-bas, dans le poste, en effet, le public s'agitait, grognait, riait, applaudissait, intervenait, apostrophait les maîtres de cérémonie, faisait entendre son désaccord ou approuvait dans la fièvre collective ces Cyranos modernes au sang chaud et au verbe haut.

Pour l'adolescent que j'étais, l'émotion fut à la mesure de l'énigme. Je venais de découvrir un spectacle radiophonique, rythmé par une sorte de piano-bar, dont les acteurs étaient des chroniqueurs, les tirades improvisées et les éclats, explosifs. J'avais lu, chez Baudelaire, dans le *Salon de 1846*, que « pour être juste, c'est-à-dire pour avoir sa raison d'être, la critique doit être partiale, passionnée, politique », et j'en avais enfin la preuve éclatante. C'était *Le Masque et la Plume*. Je ne l'ai plus quitté.

Les années ont passé, le dimanche soir est devenu un rituel, et les intervenants de l'émission, que j'affectionnais autant qu'ils m'exaspéraient (un verbe n'allant pas sans l'autre), m'ont formé à l'esprit critique : ils ont été mes professeurs à l'école buissonnière de l'émerveillement. Je leur dois la découverte de Bresson et de Wenders, de Tanner et de Fassbinder, de Chahine et de Pasolini, et surtout de Philippe Garrel dont *La Cicatrice intérieure* et *L'Enfant secret* furent, pour moi, des films fondateurs. Je leur dois aussi, surtout à Bory, de penser qu'on a le droit de se passionner en même temps pour *King Kong* et pour *L'Année dernière à Marienbad*, pour Peckinpah et pour Godard. Ils m'ont initié à Barrault et Chéreau, Vitez et Strehler, Régy et Engel, Planchon et Mnouchkine. Combien de films et de pièces ne suis-je pas allé voir sur l'ordre de Jean-Louis Bory ou de Gilles Sandier, combien de livres n'ai-je pas ouverts grâce à Bertrand Poirot-Delpech ou François Nourissier ! Je ne connaissais pas leurs visages, mais leurs voix agissaient comme des philtres, dont le pouvoir se prolongeait tout au long de la semaine. C'est d'ailleurs la raison pour laquelle je ne suis jamais allé assister à un enregistrement du *Masque et la Plume* : à force de mythifier ce chœur magistral, je craignais d'être déçu par un spectacle que mon imagination, portée par la musique de la rhétorique, avait totalement réinventé ; je ne voulais pas que les critiques aux intonations juvéniles eussent des cheveux blancs, des cernes et du bedon, que Gilles Sandier eût d'inquiétantes rougeurs apoplectiques, que Matthieu Galey souffrît d'une maladie incurable, la sclérose latérale amyotrophique, lui dévorant les muscles et la voix, et que Jean-Didier Wolfromm fût affligé d'un épouvantable eczéma. En somme, je m'étais fait mon *Masque*, cet interminable roman-feuilleton aux personnages récurrents, comme le lecteur du *Rouge et le Noir* dessine, pour lui seul, dans son fauteuil ou son lit, le visage de Julien Sorel et l'hôtel particulier du marquis de La Mole.

La première fois où je pénétrai dans la cathédrale dominicale – le studio 104 de la Maison de la Radio, devenu aujourd'hui l'Auditorium, dont la scène était encadrée par d'immenses orgues et dont la salle contenait plus de mille spectateurs –, ce fut un double choc. Non seulement je voyais enfin ce que je n'avais fait qu'entendre, mais je devais aussi m'asseoir à la tribune. Le rêve se brisait et le cauchemar commençait. C'était à la fin des années soixante-dix, j'avais vingt-deux ou vingt-trois ans et j'étais rédacteur aux *Nouvelles littéraires*, un hebdomadaire culturel, disparu depuis, où officiaient déjà quelques ténors du *Masque*, parmi lesquels Georges Charensol et Matthieu Galey. On avait dit à François-Régis Bastide que je lisais beaucoup et que, sans doute, je rajeunirais sa vieille émission. On était indulgent. L'assistante du producteur, Martine de Rabaudy, m'avait appelé et convoqué, un samedi après-midi. Flatté, j'avais accepté l'invitation, tout à la joie, naïve et crâneuse, de rejoindre mes idoles. Durant cette semaine-là, j'avais souligné et annoté, en bon élève, les romans inscrits au programme. Le défi m'amusait, m'excitait. Jusqu'au jour où il fallut bien se rendre à la Maison de la Radio. Et là, ce fut un cauchemar. Car le studio, d'où montait un bourdonnement de ruche-tronc, était à la fois immense et comble. Je fus gagné par un sentiment de panique auquel s'ajoutait une impression d'illégitimité. Je me sentais incapable d'affronter en même temps un public si dense, si exigeant, si peu amène, et d'imposer ma voix au milieu de critiques chevronnés, brillants, méchants, habitués à jouer avec les lois du spectacle dont ils étaient les héros. Dévoré par le trac, gagné par une amnésie totale (qu'avais-je donc lu ?), j'aurais voulu disparaître et même changer de métier. Je montai à la tribune comme à l'échafaud. Encore un instant, monsieur le bourreau. La suite, je l'ai oubliée, c'est un puits sans fond. Je ne me souviens que de la gentillesse paternelle de Régis, bienveillante et généreuse de Martine, sans lesquels je ne serais pas sorti indemne de cette aventure. Je venais de comprendre ce qu'était *Le Masque* : une réunion publique de beaux parleurs, un concours d'éloquence, le mariage de l'Actors Studio et du grand oral de l'ENA, une pièce de théâtre où les qualités qu'on pouvait développer dans la presse écrite n'étaient jamais requises et où il fallait inventer son texte, son rôle, et surtout les tenir. Somme toute, une version moderne de la *commedia dell'arte*, dont l'essence est d'être donnée et improvisée sur une scène, face à un public, par des personnages masqués qui jouent la naïveté, l'ingéniosité, le dépit, la ruse, la colère ou l'émotion. Mais comment trouver sa place parmi ces Arlequins, Scaramouches et autres Polichinelles si naturellement doués pour faire rire et pleurer des spectateurs acquis à leur cause ?

Le temps passa, les émissions se succédèrent, François-Régis Bastide céda son fauteuil à Pierre Bouteiller, je me pris au jeu, je trouvai peu à peu du plaisir à venir donner mon avis sur les livres à la tribune dont la plupart des critiques étaient devenus des amis, je découvris que notre pouvoir de prescription – quand on aimait – n'avait d'égal que notre faculté de se faire détester – lorsqu'on dénonçait un roman creux, un auteur vaniteux, une imposture –, et je fus alors du *Masque* comme on est du Périgord ou de Normandie, comme on est de la Comédie-Française ou de l'académie Goncourt. Même si je travaillais parallèlement dans des hebdomadaires (après *Les Nouvelles littéraires*, ce fut *L'Événement du Jeudi*, puis *L'Express*, enfin *Le Nouvel Observateur*), j'étais d'abord du *Masque*, où la liberté d'expression, d'indignation, d'admiration était sans limites. Et je le fus plus encore le jour d'octobre 1989 où Pierre Bouteiller me proposa de prendre sa place, son micro et sa fonction, me passa le témoin pour que je devienne à mon tour chef d'orchestre, de gang et, parfois, de gare. Ce jour-là, je ne l'oublierai jamais, Régis m'appela de Vienne, où il était l'ambassadeur de France, pour m'embrasser et me souhaiter bonne chance, et, depuis son ermitage de l'Hérault, Michel me lança au téléphone : « Bienvenue à la maison. » J'étais adoubé.

Trente-cinq années se sont écoulées depuis que je suis entré comme critique dans la doyenne des émissions de radio et vingt-six depuis que j'en suis l'animateur – soit, à raison de cinquante-deux dimanches par an, mille trois cent cinquante-deux numéros… Une vie. Une longue aventure. Une manière de sacerdoce. Sans l'ombre d'une lassitude, sans trace de routine. Au contraire, un plaisir chaque semaine renouvelé et une excitation intacte, celle de commander à une tribune de passeurs – passeurs de grands textes, de grands films, de grandes pièces – et d'être un souffleur professionnel de chaud et de froid. Un goût persistant, aussi, pour la castagne et la colère qui illustrent le fameux mot de Beaumarchais : « Sans la liberté de blâmer, il n'est point d'éloge flatteur. »

Car le franc-parler, alliage lexical de granitique et d'abrasif, est l'unique secret de la longévité du *Masque et la Plume*, enregistré dans les studios Charles-Trenet et Sacha-Guitry et auparavant au studio 104, dont le générique (*La Fileuse* de Mendelssohn, par Daniel Barenboïm) est immuable, du moins depuis 1978, mais où les visages des spectateurs sont de plus en plus jeunes. Si cette émission à l'ancienne, comme on le dit de certaines moutardes fortes, a perduré et vu grossir son auditorat, malgré la concurrence de la télé, d'Internet et des réseaux sociaux, c'est qu'elle n'a pas changé quand tout changeait autour d'elle ; c'est qu'elle a ignoré les pages de promo, les plages musicales et les jingles ; c'est qu'elle est restée pauvre quand l'audiovisuel s'enrichissait ; c'est qu'elle a continué à exercer son devoir de critique quand les producteurs, les éditeurs, les annonceurs, qui dispensent de la pub pour mieux contrôler les grands médias, s'ingéniaient à le contourner ou le museler ; c'est qu'elle a persisté à rire quand l'époque pleurnichait ; et c'est que, ajoutant la passion de son public à l'idiosyncrasie de ses chroniqueurs, bannissant en même temps la complaisance et l'élitisme, l'à-plat-ventrisme et l'à-quoi-bonisme, elle a toujours eu l'ambition d'offrir les plus belles œuvres au plus grand nombre, elle toujours été à la fois culturelle et populaire.

« Expliquer, donner à voir et à comprendre, persuader, entraîner, séduire et, en définitive, donner la vie. N'est-ce pas là le destin même de notre métier ? » demandait Jean Vilar, le patron du bien nommé Théâtre national populaire, lequel, en 1955, lorsque naquit l'émission, triomphait à Chaillot et sous le ciel étoilé d'Avignon. Et il ajoutait : « Convaincre, sans humilier l'œuvre choisie. L'éclairer et non l'endimancher. Évitant de l'encanailler, la rendre belle et accessible à tous. » Cela pourrait être aussi la devise du *Masque et la Plume*, dont seul le traitement fragmentaire de l'abécédaire pouvait rassembler la mémoire éparpillée : pour servir les œuvres, ne pas les endimancher le dimanche soir.

Artisanat

C'est peut-être dans sa confection, ancestrale et artisanale, que *Le Masque et la Plume*, étonnamment moderne, mais résolument rétif à l'industrialisation des programmes et à l'informatisation des esprits, vieillit le moins. Certains soirs, il sent un peu la confiture d'autrefois, cuite à feu doux dans une bassine en cuivre où mijotent des fruits de saison cueillis à la main.

Expliquons-nous. Contrairement à la plupart des émissions de l'audiovisuel public ou privé, pour lesquelles travaillent jusqu'à pas d'heure des nuées d'assistants industrieux, les uns chargés de concocter le menu et de contacter les invités, les autres de rédiger les fiches de l'animateur (lui épargnant ainsi d'avoir à lire les ouvrages ou regarder les films dont il sera question), *Le Masque*, qui ajoute le vœu de pauvreté au principe de simplicité, se fabrique en 2015 comme il y a soixante ans.

En voici la recette exacte : tout se prépare à la maison – si l'émission dispose de deux grands studios, le Charles-Trenet et le Sacha-Guitry, elle n'a pas de bureau à France Inter, à peine une boîte aux lettres, et l'unique assistante, la merveilleuse et dévouée Lysiane Sellam, travaille pour l'essentiel de son temps dans la presse écrite, donnant à la radio à proportion de son maigre cachet. Je commence donc par établir seul, en fonction de l'actualité prévisible et des débats qu'ils sont susceptibles de provoquer, les listes des films, des pièces, des livres (chaque fois, une demi-douzaine), que j'envoie ensuite par mail aux critiques un mois avant l'enregistrement. Ce temps que je leur octroie, je le mets à profit pour, à mon tour, voir les films et les pièces, lire les livres et rédiger moi-même, sur de petites fiches cartonnées, les résumés qui me permettront à la fois d'informer succinctement l'auditeur et de lancer la discussion à la tribune. (Des résumés partiaux où, considérant que l'animateur n'est pas un rédacteur de dépêches, qu'il a le droit d'avoir un goût et une opinion, je glisse parfois ma propre appréciation, quitte à susciter l'ire de certains auditeurs qui ne voudraient pas me voir sortir du devoir de réserve auquel, selon eux, tel un ambassadeur ou un chirurgien, je serais astreint). Enfin, je m'applique chaque jour à classer, trier, souligner l'abondant courrier électronique ou postal, dont je sélectionne les extraits les plus éloquents, les plus combatifs, les plus réactifs, que je lis, pour une séquence rituelle, au début de chaque émission.

Tout faire seul – de manière autocratique, diront mes détracteurs – a un inconvénient : c'est un labeur écrasant. Et un avantage : jamais je ne suis pris au dépourvu, je connais mes sujets par cœur, et je peux enregistrer, sans casque ni prompteur, *Le Masque et la Plume* dans les conditions du direct (cinquante-six minutes chrono pour cinquante-quatre diffusées). Cette préparation de laborantin est surtout la seule manière de préserver la spontanéité de l'émission : c'est parce que tout est cadré avant que tout peut déraper après. La rigueur prélude à l'improvisation. La fourmi travaille au chant des cigales. Je ratisse, elles cymbalisent.

Des amis, qui veulent bien se soucier de ma santé et jugent que j'en fais trop, m'exhortent souvent à prendre mon rôle moins au sérieux et s'étonnent, d'une voix compassionnelle, que, pour quelques lignes de résumé, je m'oblige encore à voir scrupuleusement les pièces ou les films, dont pas mal de daubes, que j'ai inscrits au programme. Je comprends leur bienveillance. Mais je leur demande aussitôt de comprendre mon zèle. Si j'éprouve un tel plaisir, une telle exaltation, à être, depuis vingt-six ans, le modérateur de ces débats homériques, c'est seulement parce que je suis d'abord le spectateur des films et le lecteur des livres pour lesquels les critiques s'étripent. On ne présente pas *Le Masque* comme on présente le journal télévisé. Impossible de l'orchestrer sans connaître la musique. Tout le monde, y compris les spectateurs assis dans le studio, doit pouvoir jouer d'un instrument. C'est la symphonie des subjectivités.

Bastide (François-Régis)

Il rêvait d'être le ministre de la Culture de François Mitterrand et avait même choisi la couleur des rideaux – du blanc crème – qu'il ferait tendre aux fenêtres de son bureau d'où il gouvernerait à la fois les jardins du Palais-Royal et sa belle carrière, mais il avait trop soutenu Michel Rocard pour avoir les grâces du nouveau président et obtenir la charge tant convoitée. Mitterrand lui refusa le portefeuille, dont Jack Lang se saisit, et concéda une chancellerie nordique à l'auteur de *L'Enchanteur et nous*, qui avait autrefois épousé une Suédoise et toujours aimé la Scandinavie. Or, Stockholm était déjà en main. Alors, Régis partit en 1982, un *Que sais-je?* sur le Danemark dans la poche, représenter la France à la cour de Copenhague, dont il imaginait que le protocole serait très romanesque et l'étiquette délicieusement démodée. Il ne fut pas déçu. Trois ans plus tard, le Quai d'Orsay l'envoya à Vienne, qui fut le sacre du pianiste mozartien, de l'amoureux de Sissi, du lecteur de Stefan Zweig et du prosateur romantique. Je lui rendis visite durant un week-end de 1987 : n'était son regret d'avoir sacrifié la littérature à la rédaction des télégrammes cabalistiques et des dépêches diplomatiques, il était heureux comme un enfant dans son ambassade dont les tapisseries venaient des Gobelins et la vaisselle, de Sèvres. Sur cet homme grand, maigre et fier qui avait un profil de héron impérial et une tête de chef d'orchestre rhénan, l'habit faisait merveille. Car il aimait paraître et, plus encore, plaire. « Le malheur, écrivit-il dans *La Vie rêvée*, est que je ne sais même pas vivre platement. Je gonfle toujours tout. » Cela exaspérait ses ennemis et touchait ses amis, dont j'étais.

Longtemps, cet héritier de Saint-Simon et de Gobineau s'était exercé à la circonspection et préparé à la diplomatie. Le musicien, qui eût voulu être l'égal de Ravel, avait en effet un exceptionnel doigté, l'amant comblé de savantes stratégies de conquête, l'éditeur (au Seuil) d'adorables prévenances, le jardinier varois le goût de l'ordonnance florale et des perspectives forestières, le critique dramatique (aux *Nouvelles littéraires*) des indulgences pour les actrices, le cadre du Parti socialiste de l'entregent, l'astrologue, un incontestable don, et l'écrivain, un lyrisme de prédicateur. Mais jamais mieux qu'au *Masque et la Plume*, dont il fut le maître de cérémonie pendant un quart de siècle, il ne se forma, comme à son insu, au métier de diplomate.

Régis n'animait pas *Le Masque*, il le présidait. Il ne produisait pas une émission, il dirigeait un théâtre. Il ne donnait pas la parole, il la distribuait avec des gestes amples de prélat. Son art, qui le prédisposait à la fonction plénipotentiaire, consistait d'abord à fomenter des crises ouvertes et pousser les critiques aux débordements, ensuite à orchestrer d'en haut les pugilats, enfin à jouer – à feindre de jouer – les pacificateurs, les médiateurs. À la fois, il allumait le feu et l'éteignait : c'était un pompier pyromane. (J'ai bien retenu la leçon, je provoque à mon tour le hourvari pour mieux calmer les opposants, c'est un jeu très jouissif.) Tout cela avec une éloquence, une élégance et une autorité qui impressionnaient le public et en imposaient aux chroniqueurs.

Je me suis souvent demandé pourquoi, malgré son travail d'éditeur, ses livres à écrire et ses ambitions politiques, Régis, qui se reprochait pourtant de courir trop de lièvres en même temps et à qui l'éparpillé Jean Cocteau avait ordonné de choisir « une seule voie », n'avait jamais été tenté d'arrêter plus tôt la radio. J'avance ici deux hypothèses. La première est d'ordre intellectuel. Romancier de *La Fantaisie du voyageur* et dramaturge de *Siegfried 78*, il avait la passion de la rhétorique, considérant que la verve seule autorise le mensonge et la mauvaise foi. Plus encore que le traitement obligé de l'actualité cinématographique, littéraire ou dramatique, c'est l'exercice raffiné de la conversation auquel, chaque semaine, moitié Narcisse, moitié Arlequin, il venait sacrifier à la tribune. Il ne l'aurait manqué pour rien au monde. Pour ce bel esprit, *Le Masque* tenait de la scolastique médiévale et des samedis littéraires de Mlle de Scudéry. On y développait la *disputatio*, où le *respondens* argumentait contre l'*opponens* et le maître concluait par un *determinatio magistralis* ; et on s'y adonnait, comme dans les hôtels particuliers du XVIIe siècle, au plaisir de discussions érudites et raffinées autour d'un clavecin bien tempéré. C'était devenu un piano à queue noir que notre hôte, cigarette au bec, taquinait avant les enregistrements. Il le cédait ensuite à Christian Ivaldi, dont la fonction consistait à illustrer, en musique, les thèmes des débats et à réconcilier les belligérants avec de joyeuses improvisations.

La deuxième hypothèse, qui allait définir pour toujours la spécificité de cette émission, est d'ordre affectif. Plus qu'une bande de copains, *Le Masque* était sa famille, une famille recomposée qu'il réunissait alors chaque samedi après-midi, au studio 104 de la Maison de la Radio, et ensuite au café Les Ondes, où l'équipe décompressait, un verre à la main, après avoir brillé. Les critiques étaient ses pères, ses frères, ses cousins, ses neveux. Il ne s'imaginait pas vivre sans eux, loin d'eux. Bertrand Poirot-Delpech et lui s'adoraient et se chamaillaient comme des jumeaux. François Nourissier, Gilles Jacob et Matthieu Galey étaient ses meilleurs complices. Georges

Charensol figurait un attendrissant oncle de province et Martine de Rabaudy, sa petite sœur. Et puis, il y avait Jean-Louis Bory, dont il avait publiquement favorisé la gloire radiophonique et, en privé, partagé l'insondable détresse. Bory incarnait vraiment cette émission : le critique portait un masque à la tribune et l'écrivain maniait la plume avec une étincelante mélancolie. Jean-Louis qui riait, Jean-Louis qui pleurait. Chaque fois qu'il était rattrapé par la dépression – « J'ai mal à l'âme » – et se réfugiait dans une clinique, Régis allait lui rendre visite. Il m'avoua d'ailleurs un jour qu'il ne s'était jamais remis de son suicide. C'est après ce drame que Régis envisagea de dire adieu au *Masque et la Plume*. Car sans Bory, la fête était finie.

Dès lors qu'il cessa d'animer l'émission, il cessa de l'écouter. Régis avait tourné la page. Il était heureux, me disait-il affectueusement, de me savoir à sa place, dans son fauteuil – « Tu vas apprendre l'étrange métier de dompteur de cirque culturel » –, mais il se méfiait de sa propre nostalgie. Il ne voulait pas être rattrapé par ses regrets. Même pendant les vacances édéniques, idylliques, que nous passions ensemble, l'été, entre Ramatuelle et La Garde-Freinet, il se gardait bien de m'interroger sur ce *Masque* qui avait été sa jeunesse et sa messe, qui était son passé et mon avenir. Lorsque je le fis venir dans le studio pour fêter, avec Michel Polac et Pierre Bouteiller, les quarante ans de cette émission

« sans bluff et sans pressions » qu'il avait cofondée, il fut brillant, disert et faussement détaché. Comme tous les grands sentimentaux, mon ami cachait très bien ses émotions. Ça aussi, il l'avait appris sur la scène du *Masque*, où chacun, animateur compris, se glisse dans son personnage le mieux possible après avoir laissé ses vrais sentiments dans la loge, ses fragilités inavouées en coulisses, ses petits secrets au vestiaire.

Un soir, dans le patio en pierres sèches de sa maison varoise, Régis m'avait confié : « J'ai toujours pensé que je ne pouvais pas plaire sans jouer un peu la comédie. » Il la joua jusqu'au bout, trouvant même la force de séduire les infirmières de l'hôpital où il mourut, à soixante-neuf ans, le 17 avril 1996, du cancer des fumeurs, avec le panache de son cher Cyrano qui cachait ses souffrances à Roxane et faisait encore le beau. Près du cimetière où il demeure, dans sa maison de la forêt des Maures, j'écrivis, douze ans plus tard, *Son excellence, monsieur mon ami*, afin de lui exprimer ma fidélité et pour qu'on ne l'oublie pas. Après l'avoir lu, Paulette Decraene, qui fut la secrétaire particulière de François Mitterrand, m'adressa une lettre où elle m'apprit que Régis, ce passionné des fleurs, lui avait fait découvrir les longues agapanthes bleues : « Chaque fois que j'en plante chez moi, c'est à lui que je pense. L'enchanteur qu'il fut est toujours parmi nous. »

Bory (Jean-Louis)

Il allait avoir soixante ans et l'auteur d'*Usé par la mer* ne se supportait plus. L'amuseur public avait abusé de ses dons, l'histrion libertaire, de ses colères, et le « gugusse de l'homosexualité militante », de sa générosité. Prix Goncourt en 1945 (il avait vingt-six ans) pour *Mon village à l'heure allemande*, salué à ses débuts par les deux patrons du style, Mme Colette et M. Morand, il voulait être un grand écrivain et méritait de prétendre au titre, mais on ne lisait guère ses romans et il souffrait de n'avoir recouvré le succès sur le tard qu'avec une pantalonnade, un canular feuilletonesque enregistré au magnétophone, une manière de caricature de lui-même : *Le Pied*. Il n'avait d'ailleurs jamais rédigé ce livre qui poussait lentement en lui comme une fleur et l'aurait merveilleusement défini : *Plaisir de romancier*.

L'ancien professeur de lettres du lycée Henri-IV, passé maître dans l'art d'herboriser les élèves, avait perdu jusqu'au goût de tailler les ifs dans sa maison de Méréville, surnommée La

Calife et bordée par la Juine. L'envie était devenue moins pressante de participer au spectacle dominical du *Masque et la Plume*, où il excellait à mettre du vinaigre sur la craie, et qui avait fait de lui un héros de la gauche protestataire, un champion du cinéma du tiers-monde, un théoricien du « cinéma debout » (par opposition au « cinéma couché »), un avocat des « maudits », un feu d'artifice de formules (oh, ce « Autant en emportent les vents » avec quoi il rebaptisa, en 1973, *La Grande Bouffe*, de Ferreri !), le pourvoyeur officiel des salles d'art et essai du Quartier latin et un orfèvre du paradoxe. Ainsi, il préférait voir *Les Animaux*, de Rossif, avec des gamins au Moulin-Rouge que *L'Éclipse*, d'Antonioni, « encerclé par des perruches en rupture de tea-room ». Il disait de *Viridiana* que Buñuel l'avait monté « comme on tresse une natte » et du martyre qui conduit le Christ au Calvaire dans *L'Évangile selon saint Matthieu*, de Pasolini, que c'était « un chemin de visages ». Il perdait pied dans *Vivre sa vie*, de Godard, ne goûtait guère le « sirop musical » de *West Side Story*, mais ne manquait jamais une occasion d'entonner une défense et illustration du western, genre qu'il adorait. Bory ne faisait pas son cinéma. Il parlait des films comme d'amis chers et un peu canailles qu'il venait de quitter. C'était le bon temps…

L'avocat lyrique de Kubrick, Losey, Welles, Étaix ou Resnais brillait au micro et, de sa voix jubilatoire, persifleuse et nasillarde, de son débit de cascade alpine au printemps, prenait sa revanche sur un physique replet avec lequel il n'arrivait pas à pactiser. S'il fut l'âme et le cœur battant du *Masque*, c'est qu'il trouvait à la radio toutes les vertus : elle abolissait son « pif mastoc », ses « mains de prélat », son « profil rase-bitume » et prêtait à sa voix juvénile un physique avantageux. Mais, à la sortie du studio, le monde réel ne se souciait que de l'image grassouillette, ne s'attachait qu'aux apparences bonhommes, exigeait un ventre plat et des traits fins. Plaire sur les ondes, c'était aussi déplaire dans la rue. Un ultime chagrin d'amour eut raison de ses dernières illusions et ajouta pour toujours à son dégoût de vivre, métamorphosant l'hédoniste solaire en moraliste crépusculaire, transformant la panique de la disgrâce en besoin d'en finir : « J'ai peur, écrivit-il dans un élan tragique à la Montherlant, que ma vieillesse ne soit laide. J'ai peur de ce que je suis capable de faire pour que quelqu'un entre encore. J'ai peur que, fouetté par la terreur d'une solitude sans intermittences, mon goût de la complicité ne dégénère en complaisance coupable. »

Le 11 juin 1979 en fin de journée, après avoir noté dans son carnet : « M'obliger à m'intéresser à autre chose que moi », Jean-Louis Bory prit le train pour Étampes, s'engouffra dans un taxi à la gare, admira en roulant la qualité du soleil couchant – « La campagne est jolie avec ce beau temps, pourvu que ça dure », murmura-t-il au chauffeur indifférent – et ouvrit le portail de La Calife. Vers vingt heures trente, il monta dans sa chambre, se déshabilla, prit un 22 long rifle, qui s'enraya, se saisit alors d'un 6.35, tira une balle d'essai au plafond, se coucha sur son lit, retourna le canon contre son cœur et appuya sur la détente. Résistant à vingt ans dans le maquis de la forêt d'Orléans, il connaissait bien l'usage des armes et savait comment tuer l'ennemi qui vous harcèle jour et nuit. Il repose aujourd'hui dans le cimetière de Méréville, au milieu des riches terres à blé de son enfance, tout contre un terrain de sport où « les gosses font l'épreuve de leur jeune corps bien vivant à côté du royaume des morts, et c'est très bien ». Le suicidé de la société parisienne dort dans sa Beauce natale et fertile, loin des rodomontades zazoues, des provocations gloussantes et des fastes régaliens du studio 104, qui firent sa gloire d'un jour et le bonheur persistant des auditeurs nostalgiques.

Il faut profiter du calme que dispensent à l'infini, entre Hurepoix et Gâtinais, les grands champs de lin ou de tournesol pour relire, sous de frissonnants peupliers, un écrivain et un critique qui valent mieux que la mode dont il a joui et qui l'a abîmé. Relire, par exemple, ses beaux essais d'historien sur Balzac, Cambacérès, Eugène Sue, « dandy et socialiste », et surtout la révolution de Juillet. Relire ses préfaces voluptueuses et sanguines à l'abbé Prévost, à Guy de Maupassant, à Louis Guilloux. Relire ses romans réunis sous le titre *Par temps et marées* ainsi que ce chef-d'œuvre d'introspection qu'est *Ma moitié d'orange*, où il oppose à la terminologie médicale de l'homosexualité la définition sucrée, juteuse et comestible de l'âme sœur. Relire enfin, rassemblées en sept volumes, d'une incroyable liberté de ton et de pensée, ses chroniques du *Nouvel Observateur*, dont le postulat : aimer et faire aimer, ne reposait pas sur des théories absconses (doit-on rappeler que, aux *Cahiers du cinéma*, alors triomphants, on le jugeait trop léger, trop subjectif, trop cœur-sur-la-main, pas assez dogmatique et plus cinéphage que cinéphile ?), mais sur une grande culture tempérée par une certaine naïveté, si être naïf, c'est vouloir, coûte que coûte, rester émerveillé. Et quelle plume, sous le masque !

Seulement voilà, la plupart de ces titres sont introuvables. Bory s'est suicidé, l'édition l'a enterré. Ce « droit à l'indifférence » que, le premier, il réclamait pour l'homosexualité à la télévision giscardienne et à l'heure consensuelle du dîner, l'écrivain en est devenu la victime. Trente-cinq ans après sa disparition, le petit village de Méréville, qui fut son paradis et son ressui, continue d'entretenir la mémoire de cet écrivain, petit-fils d'instituteur, fils d'institutrice, qui avait appartenu à « une famille d'éclaireurs de visages » et, dans l'exercice de sa passion, en avait si bien hérité. Seul l'écrivain Daniel Garcia, son biographe et son inlassable passeur, travaille sans relâche à empêcher l'auteur des *Cinq Girouettes* de sombrer dans l'oubli – cette dépression du monde moderne. Dans *C'était Bory*, un portrait augmenté de deux CD et paru en 2011 aux Éditions Cartouche, il révèle ainsi que, dès son adolescence, l'auteur d'*Écran fertile* avait appris à dissimuler sa neurasthénie sous les éclats de rire et que son existence fut une longue succession de suicides différés. En 1947, après l'échec de son deuxième roman, *Chère Aglaë*; en 1952, après avoir découvert que son compagnon le trompait avec une femme; en 1974, après la mort de sa mère; ou encore en 1977, après la publication du *Pied*, « sinistre bouffonnerie » dont le triomphe le désespéra. Assommé par les psychotropes, admis plusieurs fois en maison de santé pour des cures de sommeil, il consigna dans trois cahiers retrouvés chez lui, dont l'un s'intitule *La Vase*, et que Garcia a pu lire, son désarroi, son épuisement, son angoisse de devenir fou, son sentiment d'avoir échoué en tout, son extrême sensibilité aux agressions verbales (« Vieille tapette ! Vous êtes nul, un raté ! » lui lança une femme dans un restaurant, après qu'un déménageur l'eut traité de « connard »).

Le critique qui prétendait que « le cinéma, c'est comme l'amour, il est beaucoup plus que ce qu'il est », cessa alors, saisi par l'effroi, d'aller au *Masque et la Plume* et d'y distribuer, lorsqu'il arrivait, son rituel et claironnant « Comment ça va, mes cocos jolis ? ». Il jugea soudain qu'il n'était qu'un imposteur, un expert en mauvaise foi auquel la verve et le brillant avaient longtemps permis de « jeter de la poudre aux yeux d'un public étourdi par [ses] astuces de bonimenteur de parade foraine ». Cet homme qui s'aimait si peu ne mesurait pas combien il était aimé et ne pouvait imaginer qu'il le serait encore davantage après sa mort volontaire.

Charensol (Georges)

C'est la première voix du *Masque et la Plume* qui eut, pour moi, un visage, dont Gromaire avait autrefois dessiné, en le caricaturant, le profil maigre et sévère. Une voix radiophonique dont l'écuyer Paul Morand, fan de l'émission, prétendait qu'elle combinait « la trompette de cavalerie et le hennissement du cheval ». (Dans son *Journal inutile*, l'auteur de *Milady* et d'*Ouvert la nuit* note qu'il reçoit régulièrement, dans son vaste appartement de l'avenue Charles-Floquet, « *Le Masque et la Plume* à déjeuner », et en particulier François-Régis Bastide, Matthieu Galey, Guy Dumur, François Nourissier, Jean-Louis Bory et « l'excellent » Georges Charensol. Mais pas, précise-t-il, « l'affreux Michel Polac », qualifié aussi d'« horrible Polac ».)

Lorsque, en 1976, je suis entré aux *Nouvelles littéraires*, dont il avait été autrefois le rédacteur en chef, Georges y tenait la chronique cinématographique, intitulée « Mon œil ». Je n'avais pas vingt ans, il en avait soixante-dix-sept. Il était d'une exquise politesse et souriait chaque jour à la vie. Il s'adressait à moi comme à « un jeune confrère » jusqu'au printemps de 1979 où j'épousai Anne-Marie Philipe ; dès lors, il me tutoya et me parla comme à un petit-fils. Je venais d'entrer dans sa famille. Car il avait été le confident et le biographe de René Clair, l'ami aussi de Gérard Philipe, et il entretenait chaque semaine avec Bronia et Anne, les veuves du réalisateur et de l'acteur, sa nostalgie d'un cinéma dont il jugeait que l'époque avait dévoyé le prestige et banalisé la magie. Chez l'une, avenue de Madrid, à Neuilly, ou chez l'autre, rue de Tournon, à Paris, il n'en finissait pas de vitupérer la Nouvelle Vague qui avait fait de l'académicien des *Grandes Manœuvres* sa tête de Turc et de la plupart des films des années cinquante, des serpillières. « René Clair, me répétait-il, est le plus grand cinéaste français. » C'était très exagéré, mais l'hyperbole lui allait bien.

Pendant près de quinze ans, je me rendis souvent, à l'heure du thé, dans son bel appartement du 11, quai aux Fleurs, qui tournait le dos à Notre-Dame et semblait gouverner, par son flanc ouest, l'île Saint-Louis. Je passai des heures, au milieu des tableaux de ses amis et maîtres, à l'écouter réciter ses souvenirs de Sarah Bernhardt, qu'il avait applaudie dans *Athalie*, de Claude Monet, qu'il avait vu peindre à Giverny, de Rouault, qu'il avait révélé au grand public, de Chagall et Vlaminck, avec lesquels il partait en vacances d'été, de la Goulue dansant à Pigalle le french cancan avec un garçon décati qui ressemblait à Valentin le Désossé, ou encore de Pagnol, dont il était fier d'avoir publié le tout premier article. Il avait rencontré Anatole France, Barrès, Artaud, Renoir, Rodin, Méliès, Eisenstein, Fargue et Mack Sennett. Il n'avait manqué aucun spectacle de Réjane, de Mistinguett ou de la Pavlova. Il avait bu de la vodka avec Kessel, pris le bus à impériale pour assister aux conférences de Marie Curie à l'Institut, de Paul Valéry au Collège de France ou de Léon Blum aux Ambassadeurs. Il avait découvert, avant tout le monde, les jeunes Marcel Aymé et Georges Sim, alias Simenon. Il avait joué un figurant dans *Entr'acte* de René Clair et marché derrière le corbillard tiré par un chameau, entre Marcel Achard et Louis Touchagues. Il avait essuyé les plâtres radiophoniques du Poste parisien et ensuite de Radio Luxembourg. Il avait créé, par provocation et amusement, sans croire à son avenir, le prix Renaudot. Il avait écrit des livres sur l'affaire Dreyfus, sur Utrillo et Kisling – mais son chef-d'œuvre, c'était, en 1960, l'édition complète et l'annotation de la correspondance de Van Gogh. « Je n'hésite pas, me disait-il, à comparer l'émotion littéraire que la découverte de ces lettres souleva en moi à celle que j'ai éprouvée en lisant, dans ma jeunesse, *Crime et Châtiment*. » Cette fois-là, il n'exagérait pas.

Lorsqu'il évoquait « la guerre », il fallait comprendre la grande, celle de 14-18. Quand il se rappelait Hébertot, c'était l'homme, et non le théâtre. Quand il louait Brasseur, c'était Pierre, pas Claude. Et quand il racontait « le Printemps », c'était pour me décrire, d'une voix encore affolée, le grand incendie du magasin, en 1920, deux ans après son arrivée à Paris – « j'étais alors plus Rubempré que Rastignac ».

Georges était d'un autre temps, celui du cinéma muet, de la radio gravée sur disques, de la foire aux croûtes de Montmartre, des morasses de *L'Éclair*, de *Paris-Journal* et de *L'Intransigeant*. Pour autant, il ne se complaisait pas dans le passé, comme s'il craignait toujours, en y cédant parfois, de vieillir trop vite. Né en 1899, il me confiait, à la veille de disparaître : « Encore cinq ans, imagines-tu ?, et je vivrai mon troisième siècle ! » Journaliste dans l'âme, témoin passionné du temps qui passe, il aurait souhaité en effet faire le lien entre le XIXe et le XXIe, qu'il décrivait comme les rives gauche et droite de sa chère Seine.

Au physique, Georges avait un profil de viguier, le sourcil broussailleux, la nuque raide, un front large et lisse comme le jusant, un long nez flaireur, truffier, qui débusquait le beau en littérature, en peinture, au théâtre, au cinéma, et aussi des lèvres saliveuses. Pour cet Ardéchois, fils d'un horloger musicien, Paris avait toujours été une fête et *Le Masque et la Plume*, son bal populaire. Les pas de deux qu'il y exécuta avec Jean-Louis Bory sont entrés dans la légende.

Face au chroniqueur du *Nouvel Observateur*, Charensol avait l'emploi, parfois ingrat, du critique réactionnaire doutant du génie de Godard ou de Pasolini, défendant mordicus les comédies à succès, refusant de se rendre aux projections de presse – parce que, me disait-il, « le cinéma est un art populaire. Pour bien le juger, il faut voir les films en salle, avec le public. Il faut avoir, comme moi, découvert la magie des images projetées par des forains dans les salles de café ardéchoises pour savoir ce qu'est l'émotion collective, palpitante, des spectateurs ». Ainsi l'éditeur de Van Gogh devint-il le thuriféraire, au micro, de Gérard Oury et de Georges Lautner. Il en rajoutait, évidemment, et n'hésitait pas à caricaturer ses propres goûts afin de provoquer en même temps la colère de Bory, l'explosion du débat et les rires du public. Il jouait le rôle qu'il s'était assigné à lui-même et dans lequel le succès croissant de l'émission l'avait enfermé, sans que jamais il s'en plaignît. Il avait en effet compris que la survie du *Masque* dépendait de la qualité de sa dramaturgie et reposait sur le bon dosage de sa mauvaise foi. Trop de sérieux, à l'en croire, aurait tué l'émission.

Je n'oublierai jamais le jour de novembre 1989 où, juste après que Pierre Bouteiller m'eut confié la production et l'animation du *Masque et la Plume*, Georges me fit venir dans son appartement du quai aux Fleurs. Assis dans un fauteuil de velours rouge sous un tableau bleu de

Rouault, il prit un air de vieux monarque à la veille d'abdiquer pour me confier, *mezza voce*, le secret de l'émission et de sa longévité : « Avec toi, *Le Masque* reste dans la famille, c'est bien. Mais il faut que tu saches une chose essentielle. Ce n'est pas de la radio, c'est du spectacle. Tu m'entends ? Du spectacle ! » Il se racla la gorge, inspira longuement et continua. « Maintenant, je vais te raconter comment *Le Masque* est devenu *Le Masque*. C'était du temps de François-Régis [Bastide]. Je peux te dire qu'on s'emmerdait ferme à la tribune. Les débats étaient très sages, trop solennels. Jamais une blague, jamais un rire. La plupart des critiques étaient des gars serrés-de-la-fesse, tu vois le genre. Et prétentieux, je te dis pas. Jean-Louis et moi, au contraire, on ne se prenait pas au sérieux. Je refusais d'ailleurs qu'on me classe parmi les critiques, je préférais dire que j'étais journaliste. Alors, un soir, avec Jean-Louis, dans la régie du studio 104, on a décidé d'un commun accord de reprendre les choses en main. Désormais, tous les deux, et même s'il n'y avait pas matière à dissension, même si nous aimions d'une même passion Bresson, Rohmer et Truffaut, eh bien on s'engueulerait, on s'enverrait des noms d'oiseaux, on mettrait – pardonne-moi le mot – le bordel, et cela dans un seul but : réveiller le public, le faire rire, crier, applaudir, huer. Et ça a marché bien au-delà de nos espérances. Les gens venaient assister aux enregistrements comme on va au cabaret. On s'y disputait les premiers fauteuils. Et le cinéma à propos duquel on s'écharpait, Jean-Louis et moi, est vraiment devenu un art vivant ! Voilà ce que je tenais à te dire. N'oublie jamais que *Le Masque*, c'est d'abord du spectacle et que l'animateur est aussi un metteur en scène. Compte sur moi pour t'écouter et veiller au grain ! »

Ce jour-là, je lui demandai quels conseils il donnerait à un jeune homme tenté par la presse qui lui ressemblerait lorsque, à dix-huit ans, il débarqua à Paris afin d'y exercer ce qu'il appelait « le plus beau métier du monde ». Il m'avait répondu sans hésitation : « D'être modeste. Et d'avoir des idées ! »

Georges s'est éteint, en 1995, comme il avait vécu : les yeux grands ouverts. Il était curieux de ce qui l'attendait de l'autre côté à la manière du reporter à l'instant du décollage, déjà impatient d'en rapporter une relation inédite. Depuis quelque temps, il avait cessé de se rendre dans les salles obscures et d'ouvrir les ouvrages de ses contemporains. Il ne se consacrait plus qu'à relire les *Mémoires* de Saint-Simon, dont il adorait les portraits, les anecdotes, les perfidies, et plus encore la langue – « cette langue est extraordinaire, vois-tu, parce qu'il l'a fabriquée lui-même. Ce n'est pas du français, c'est du Saint-Simon ». Ainsi l'homme du XIXe s'est-il endormi, au seuil du XXIe, dans la prose du Grand Siècle.

Ciment (Michel)

Même ses Mémoires, parus en 2014, il a préféré les composer oralement que les écrire. Comme tous les grands pédagogues, Michel Ciment est un vrai modeste. Il est intarissable sur les autres, mais pudique sur lui-même. Jamais on ne le prendra en flagrant délit de faire son numéro. Il aura fallu que son complice de la revue *Positif*, N.T. Binh, alias Yann Tobin, le mitraille de questions pour qu'il se penche, pour la première fois, sur son passé. Et qu'il confie ce qu'il gardait pour lui, notamment les secrets de son enfance.

Il est né à Paris, en 1938. Son père, un artisan couturier spécialisé dans le « plissé », était un juif hongrois qui, prévenu par des gendarmes, échappa miraculeusement à la rafle du Vél' d'Hiv. Or sa mère, prétendument goy, était juive également. Mais elle le cacha jusqu'à ses quatre-vingt-quinze ans – Michel, qu'elle avait fait baptiser et inscrit dans un lycée catholique, ne l'apprit donc que sur le tard. Ce fut un choc. L'ancien enfant de chœur en tira une manière de méfiance définitive à l'endroit des religions et un goût précoce pour les écrivains surréalistes et anticléricaux, André Breton en tête.

Après une hypokhâgne à Louis-le-Grand, où il eut la chance d'avoir comme professeur le très cinéphile Gilles Deleuze, et un voyage d'étudiant aux États-Unis, où il rencontra Luis Buñuel, Michel donna son premier article à *Positif*. Il était consacré au *Procès*, d'Orson Welles. Pourquoi pas *Les Cahiers du cinéma* ? Parce que *Positif* était une revue « anti-impérialiste, antistalinienne, antifasciste », et qu'elle était attachée à l'héritage du surréalisme. Parce que surtout *Positif* rassemblait des passionnés de cinéma qui croyaient à leur mission : la critique, et ne prétendaient pas devenir à leur tour des cinéastes – tout le contraire des *Cahiers* où, avant de passer à la mise en scène, écrivirent Truffaut, Godard, Rivette, Chabrol et Rohmer. Faut-il rappeler ici que les critiques de *Positif* sont si fervents et désintéressés qu'ils sont tous bénévoles ? Il y a du sacerdoce dans leur amour du septième art. « On est un peu, explique Ciment, comme au Moyen Âge. C'est-à-dire qu'on subit une progression de la barbarie, de l'inculture, du zapping, du populisme, du quantitatif au détriment du qualitatif, mais il existe des refuges, des monastères. » *Positif* est un de ces monastères. Comme un prolongement, sur la colline parisienne du IXe arrondissement et à l'époque du e-cinema, du *Nom de la rose* d'Umberto Eco et sa bibliothèque d'incunables.

Même son directeur de la publication n'est pas payé. Pour vivre, Michel Ciment devint alors professeur en civilisation américaine à l'université Paris-VII, producteur à la radio (*Projection privée*, sur France Culture), sociétaire du *Masque et la Plume*, et il signa des ouvrages de référence sur Fritz Lang, Kazan, Losey, Boorman, Kubrick, Schatzberg ou Jane Campion.

Dans *Le Cinéma en partage*, une captivante autobiographie parlée qui ressemble à un long travelling arrière, Michel revient sur ses rencontres fondatrices avec les cinéastes du monde entier, sur sa fréquentation assidue et avisée des festivals de Cannes, Venise, Berlin, et il témoigne de la haute et rigoureuse idée qu'il se fait de son métier, malgré l'évolution des médias, l'explosion d'Internet et la généralisation démagogique du mot de Truffaut: « Tout le monde a deux métiers, le sien et celui de critique de cinéma. » Il va même jusqu'à penser (en souriant) qu'on devrait établir désormais, sur le modèle du permis de conduire, un permis de critiquer…

Aujourd'hui, l'encyclopédique Michel Ciment a soixante-dix-sept ans. C'est peu dire qu'il ne les fait pas. Car jamais son enthousiasme n'a faibli. Jamais sa passion de transmettre, sa science de la pédagogie et son indépendance d'esprit n'ont été plus grandes. Jamais le cinéphile ne s'est blasé, jamais l'éclaireur ne s'est éteint. Jamais il n'a malmené son intégrité, mis un mouchoir sur ses convictions politiques et esthétiques. Jamais il n'a envisagé de prendre sa retraite. Rien, chez lui, ne s'émonde, ne se rouille, ne se fatigue, ne s'use ni ne capitule. Non seulement la passion est intacte, mais elle semble aussi croître avec le temps, et même le défier. Michel Ciment est un cas unique dans l'histoire française de la critique cinématographique. Cela fait un demi-siècle qu'il la pratique avec une foi de bénédictin. Il l'aime et la respecte trop pour la trahir : contrairement à nombre de ses confrères, il n'a pas considéré que la critique était une façon de s'avantager, il n'est pas devenu réalisateur et il ne s'est pas pris pour un artiste. Voir suffit au bonheur de cet homme complet pour qui le cinéma est un art total. Dans cette profession où l'amertume ajoute au cynisme, c'est rare de rencontrer un esprit si pleinement heureux, si curieux de tout, et un appétit si vaste – car cet encyclopédiste trouve le temps d'aller au théâtre, ne manquant ni une générale de Luc Bondy ni une création de Bartabas, de lire les romans ou les essais de ses contemporains. Enfin, le temps qui passe, et qui aurait dû avoir raison de ses scrupules, de sa déontologie, de sa vigilance, ne l'a jamais rendu complaisant. Les belles amitiés qu'il a tissées dans le monde du cinéma n'ont jamais entaché ses jugements, ne l'ont jamais incliné au copinage, il s'enthousiasme ou se met en colère avec la même flamme qu'à ses débuts, et ne manque pas une occasion, dans son éditorial de *Positif*, de dénoncer l'esprit de caste et les collusions du milieu, de vitupérer

« le triangle des Bermudes » (et qu'importe s'il le fantasme, pourvu qu'il lui inspire de saines indignations), d'opposer un avis souverain, un point de vue d'historien, aux modes passagères et aux tendances du moment. Ciment porte bien son nom : c'est du solide, un matériau qui dure, une vertu et une jeunesse qui s'obstinent.

La preuve au *Masque et la Plume*, que j'anime et produis depuis un quart de siècle, mais où il exerçait ses talents dès 1970, date à laquelle François-Régis Bastide et Michel Polac l'avaient appelé afin de rejoindre la tribune où Jean-Louis Bory et Georges Charensol croisaient le fer. L'éclectique Ciment aimait que le premier fût romancier et le second, critique d'art. Et il s'accommodait très bien d'être parfois éclipsé par ces deux chroniqueurs vedettes. « On discutait en musique, se souvient-il, Christian Ivaldi pianotait, c'était de bonne compagnie, avec une tournure un peu XVIIIe siècle… »

Désormais, Michel est le plus ancien collaborateur de la doyenne des émissions de radio. Ses étudiants lui en parlent comme s'il avait fait Verdun, et en était revenu. Ils lui font raconter, en boucle, le fameux incident « Truffaut » – le cinéaste était venu, en 1980, parler au *Masque* du *Dernier Métro*, et Ciment lui avait publiquement reproché d'avoir fraternisé, en 1954, dans un hebdomadaire d'extrême droite, avec le collaborationniste et antisémite Lucien Rebatet, alias François Vinneuil, une accusation à laquelle

Truffaut n'avait su opposer qu'un maladroit «J'étais jeune, je ne me rendais pas compte…». Or, ni sa voix ni ses emportements ne laissent deviner aujourd'hui l'âge de Michel Ciment que, en raison de son anglo-américanophilie, j'ai surnommé «Michael Saïment». Il est souvent assis au milieu de critiques qui pourraient être ses petits-fils, et, malgré son immense culture, son exceptionnelle cinéphilie, il paraît parfois être leur cadet. Cela tient à son plaisir palpable de tenir son rôle dans la comédie radiophonique et surtout à sa force de conviction, qu'elle soit dévolue à l'admiration ou à la détestation. Une conviction aussi bien esthétique que politique, car il est de gauche, tendance mendésiste, et ne manque jamais une occasion de le rappeler. Faut-il préciser qu'il est le même avant et après *Le Masque* ? Avant : je ne compte plus ses coups de téléphone, où il me supplie d'inscrire au programme tel ou tel petit film qui m'a échappé et qu'il vient de découvrir avec enthousiasme. Après : dans la voiture (je le ramène chez lui après chaque émission, c'est un rituel que j'adore), il refait et rejoue infatigablement *Le Masque*, en même temps qu'il me raconte avoir lu un texte méconnu de Georges Perros, applaudi *Tartuffe* aux Ateliers Berthier, et qu'il me convainc de courir voir *Leçons d'harmonie*, du Kazakh Emir Baigazin, ou *Black Coal*, du Chinois Diao Yinan – chaque fois, il a raison.

Dans une profession qui se vante d'être ingrate, brutale, félonne et tricheuse, sa fidélité, sa délicatesse, sa loyauté, son honnêteté tranchent. Lui avance droit, même s'il n'aime rien tant que se retourner. Et alors que ses contemporains cèdent en même temps à l'arthrose et à la désillusion, il continue de croire que l'art l'emportera sur la laideur du monde. D'un vers de John Keats – héros d'un de ses films préférés, *Bright Star*, de Jane Campion –, il a d'ailleurs fait sa devise : « La beauté, c'est la vérité. Et la vérité, la beauté. »

Cinéma (La bande du)

Avon (Sophie) : Autrefois, elle voulait être actrice. Elle est même passée par le cours Florent. Or, de tous les sociétaires du *Masque et la Plume*, Sophie est la moins comédienne. Lorsque j'ai appelé, un jour de mars 2005, à Bordeaux, la critique de *Sud-Ouest*, dont je lisais les ardentes chroniques dominicales, pour lui proposer de participer à l'émission, elle a d'abord cru à un canular et elle a marqué ensuite un temps d'arrêt. Entrer au *Masque* la flattait, y donner son opinion sur les films, pourquoi pas, mais le faire devant des centaines de spectateurs, c'était presque insurmontable. Je la vois encore, lors du premier enregistrement où elle était venue accompagnée de M. Lexomil, s'asseoir à l'extrémité de la tribune afin de mieux tourner le dos au public, frémir de trac sur son fauteuil, boire de l'eau pour donner un peu de liant à son élocution sèche, et fixer sur moi ses yeux bleu lagon comme si, en pleine mer, elle s'accrochait à une bouée. Les sunlights sont les malheurs de Sophie. Depuis, le temps a calmé ses appréhensions. La romancière de *Ce que dit Lili* et des *Belles Années* (un portrait de groupe frémissant, dans le droit fil d'*Entrée des artistes* et de *L'Enfance de l'art*, d'apprentis comédiens et de candidats à la gloire sous l'ère Mitterrand) est devenue une bretteuse redoutable, jamais meilleure qu'à l'instant où, seule contre tous, elle célèbre un film ou brise au contraire une réputation. Elle excelle à la fois dans l'émotion et la dialectique. Elle ne connaît qu'une loi : la sincérité. Elle refuse, sur scène, de tenir un rôle de composition et plus encore de s'exercer à la mauvaise foi, quitte à perdre l'occasion de faire rire le public du studio. C'est peu dire qu'au *Masque*, où elle se donne sans s'exhiber et joue sans tricher, Sophie détonne.

Ciment (Michel) : Voir page 49.

Heymann (Danièle) : Elle bout, elle râle, elle vitupère, elle rit, elle est émue aux larmes, elle s'émerveille, elle chantonne la romance anonyme de *Jeux interdits*, elle préfère les chiens aux cabots, elle apostrophe le public, rudoie les cadets de la critique et donne du « patron » à l'animateur : si l'on doutait encore que la satisfaction d'une passion et l'exercice d'un métier fussent des cures de jouvence, il suffit, pour s'en convaincre, d'écouter Danièle Heymann au *Masque*, où elle est entrée en 1989, dont elle est à la fois la doyenne, la juge de paix, la conteuse, la tendresse et l'autorité maternelles. De son âge, qu'elle porte comme un plaid en lin, avec une élégance folle, elle n'a jamais fait un argument. Pas plus qu'elle n'a fait, de ses fonctions multiples – directrice des pages culturelles du *Monde* ou de *L'Express*, jurée au Festival de Cannes – des titres de noblesse. C'est à peine si elle ne juge pas illégitime d'être rangée parmi les critiques de cinéma : car elle y va moins pour mesurer son pouvoir que pour y trouver son plaisir, dont elle ne saurait vraiment jouir sans le partager. Un plaisir qui remonte à l'époque où son père, Claude Heymann, le cinéaste d'*Idylle au Caire* et d'*Adieu Paris*, qui fut l'assistant de Jean Renoir sur *Tire-au-flanc* et le coscénariste de *Lola Montes*, de Max Ophüls, lui disait : « Je voudrais être Dieu pour aller au cinéma sans payer. » À quatre-vingt-deux ans, elle ne regrette pas d'avoir plus vécu dans les salles obscures, où l'enfance est sans cesse recommencée, qu'au grand air, où la lumière est parfois trop brutale. En 2014, l'Institut Lumière lui a remis le prix Bernard-Chardère « pour sa contribution au métier de journaliste et critique de cinéma, et pour sa cinéphilie, son style, sa curiosité et son humour ». J'y ajouterai la sensibilité et l'émotivité, qui lui font souvent parler des films comme d'êtres humains.

Lalanne (Jean-Marc) : c'est le Philippe Jaroussky du *Masque*. Une voix de presque contre-ténor qui intrigue dans une assemblée où les barytons sont majoritaires. Tout surprend d'ailleurs chez le critique des *Inrocks*, qui semble peu disposé aux conflits et peu armé pour les batailles : sa phrase est douce, onctueuse, chantante, colorée avec l'accent ensoleillé de ses Pyrénées-Atlantiques natales (il est né en 1967, à Orthez), comme indifférente aux esclandres et parfois gênée de devoir exprimer une opinion négative. Il ne faut évidemment pas s'y fier. Car Jean-Marc, sans jamais hausser le ton, imperturbablement – et nul ne saurait l'arrêter, même lorsque Xavier Leherpeur le traite de « puceau Wasp » parce qu'il aime un film sur Brian Wilson et trouve « géniale » la musique balnéaire des Beach Boys –, va jusqu'au bout de ses raisonnements savants, de ses démonstrations sophistiquées, de ses syllogismes conceptuels, de ses goûts singuliers (ce critique branché, geek et underground est soudain capable de sauver un film moyen pour l'amour d'une chanteuse de variétés des années soixante-dix, de trouver des qualités à une pochade où figure un joli jeune premier ou de céder à une fascination enfantine pour les effets spéciaux d'un blockbuster). Ainsi, son passé de rédacteur en chef des *Cahiers du cinéma* le prédisposerait à tenir tête au patron de *Positif*, mais il s'arrange toujours pour opposer à Michel Ciment un rire en cascade, une saillie coquine, un gentil « Là, tu exagères ! ». Joueur, pas bretteur, notre Jean-Marc. À part ça, un pur théoricien du cinéma et aussi le plus grand dévoreur d'images de la tribune : inconditionnel de Jean-Luc Godard, de Gus Van Sant, de Wong Kar-wai, de Philippe

Garrel et d'Alain Guiraudie, fan de Leonardo DiCaprio, d'heroic fantasy et d'Annie Cordy, cet héritier de Serge Daney se gave de séries télé, de jeux vidéo, de clips musicaux, de films X, de pubs et de selfies. La seule chose qu'il ne supporte pas, c'est qu'on le prénomme Francis.

Leherpeur (Xavier) : Il aime *Bob l'éponge*, le cinéma de kung-fu, la musique baroque, les fraises Tagada, les romans de Modiano, les voix de haute-contre, les tee-shirts aux couleurs phosphorescentes et parler, selon les règles strictes d'Odette et Édouard Bled, de la « grammaire » des films. Autrefois, il avait la fibre thérapeutique et voulait soigner, mais il a interrompu, en cinquième année, ses études de médecine pour se lancer dans le diagnostic des films malades et la ciné-chirurgie ophtalmologique. (On ne dira jamais assez combien la situation géographique de la Faculté de médecine de Paris, bordée par les nombreuses salles de cinéma de l'Odéon, a eu parfois raison des plus belles vocations cliniques.) Pour vivre, il devint caissier, ouvreur, puis chargé de relations publiques dans le théâtre, coscénariste de sitcoms, rédacteur de questions pour des jeux de télé stupides, avant de se consacrer, enfin, au septième art. Féroce et hilarant en apparence, Xavier est, en vérité, le plus gentil et sensible des hommes. Une joie de vivre amendée souvent par une grande mélancolie. Chroniqueur dans la presse écrite – aujourd'hui à *Studio Ciné*

Live –, Xavier, ce Bossuet en Converse, est d'abord une voix : éloquente, véloce, pressée, fastueuse, torrentielle, orchestrale, douée pour le grave comme pour l'aigu, l'adagio comme l'allegro. C'est ensuite un esprit libre, qui ignore les tabous et ne se soucie pas davantage des convenances que de ses intérêts. Du vif-argent, mais en rondeur. Le cinéma est la religion de ce prédicateur prescripteur et *Le Masque*, son royaume : il met le public dans sa poche et, pour un bon mot, tuerait réalisateur et producteur. Avec lui, Jean-Louis Bory – l'excentrique autant que l'émotif – a trouvé son successeur et l'émission, son tempétueux ténor.

Murat (Pierre) : Un étudiant américain promis à un grand avenir tourne soudain le dos à la société moderne et s'enfuit dans les montagnes enneigées de l'Alaska, où il va habiter la carcasse d'un bus abandonné. Le jour, il chasse les animaux de ses repas, le soir, il lit des romans de Tolstoï et un traité de botanique. À la fin, il meurt pour avoir mal interprété une plante toxique dont il avait mangé les graines. Vous avez reconnu *Into the Wild*, le long et puissant film de Sean Penn, avec Emile Hirsch dans le rôle du jeune homme qui avait renoncé au monde et trouvé, croyait-il, le paradis terrestre. Un personnage inspiré du véritable Christopher McCandless, retrouvé sans vie, à vingt-quatre ans, dans le bus qui fut son tombeau, à la hauteur des cimes et des nuages.

En janvier 2008, *Into the Wild* sort en France. Je l'inscris au programme du *Masque* et en résume succinctement l'intrigue. Sans dévoiler l'épilogue, je rappelle que le film est tiré d'une histoire authentique – il est donc aisé d'en conclure que le héros ne réchappera pas de son aventure singulière et spirituelle. Les éloges fusent. Sophie Avon, Alain Riou, Éric Neuhoff tressent des lauriers à Sean Penn. Vient le tour de Pierre Murat, alias « Pierrot », l'inventeur laconique de l'épithète « sympatoche », qui n'a pas détesté le film, mais juge qu'il faut vraiment être « un petit con » pour tout plaquer, et laisse entendre que Chris, ma foi, a ce qu'il mérite. Car, lâche Pierrot, à la fin, il meurt ! Bon débarras. Un vent de réprobation souffle dans le studio, où la plupart des spectateurs n'ont pas encore vu le film. Il annonce la tempête, force dix : car dès le dimanche soir, sur le site du *Masque et la Plume*, les courriels colériques s'amoncellent par centaines, par milliers, et leur flux va durer pendant des mois. Pierre Murat y gagne le titre de roi des *spoilers* et forge sa légende : celle du critique-qui-ose-raconter-la-fin-des-films et mérite en conséquence d'être guillotiné. Nos cousins québécois, accros au *Masque*, le surnomment joliment « le divulgâcheur » et demandent sa tête. Des correspondants de la France entière m'ordonnent de l'exclure de la tribune et de mettre désormais à l'amende tout critique qui se rendra coupable d'avoir divulgué l'issue d'un drame, la résolution d'une intrigue, fût-ce *Titanic* ou *Marie-Antoinette*. La défense de l'intéressé n'y change rien : Pierrot a beau répondre que, dans un film, l'histoire est anecdotique, que seule compte la mise en images, il est désormais celui dont les interventions dissuadent les auditeurs d'aller au cinéma.

Dieu sait pourtant que le critique de *Télérama* a des arguments autrement plus définitifs pour démonétiser un réalisateur surévalué ou ruiner un film en vogue. Car plus le temps passe, et plus il est sévère. Si cet orthodoxe d'origine tunisienne (il est né deux fois : en 1948, à Bizerte, et en 1964, à Paris, après avoir vu *Les Oiseaux*, d'Hitchcock) a un fort penchant pour le cinéma russe, peu de productions françaises échappent à son courroux. Il aime trop Lubitsch et Mankiewicz pour goûter les comédies faciles d'aujourd'hui. Dès qu'un film est trop « académique » ou trop « didactique », il sort de ses gonds – ni *Des hommes et des dieux* ni *Timbuktu* ne trouvent, au sens propre, grâce à ses yeux. L'auteur d'un mémoire sur le monteur Henri Colpi n'est jamais loin de considérer que, depuis Ophüls et Kontchalovski, le cinéma se néglige. À part ça, le Pierrot est un grand sentimental. Et, le croiriez-vous, capable d'être saisi par un trac abyssal.

Neuhoff (Éric) : Il me semble qu'on se connaît depuis toujours. Comme moi, il est de 1956 et vient du monde des livres, où le cinéma est un art majeur, mais pas une religion monothéiste.

Nos goûts, nos idées politiques, nos manières de vivre nous opposent souvent, mais nos liens sont fraternels et nos souvenirs, communs. Lycéen à Cahors, Éric commandait « un direct » à la manière de Belmondo dans *À bout de souffle*, voulait les mocassins de Steve McQueen dans *Nevada Smith*, pensait que toutes les femmes avaient les seins de Claudia Cardinale, et écoutait au lit, chaque dimanche soir, *Le Masque et la Plume*, où son dieu était Jean-Louis Bory : « C'était le Sartre de la critique. Il valait mieux avoir tort avec lui que raison avec Robert Chazal. » Mais c'est pour le rôle, laissé depuis longtemps en déshérence, de Georges Charensol que je l'ai invité à intégrer notre petite troupe. Il y fait merveille, forçant le trait réactionnaire et la fibre nostalgique. Avec lui, le cinéma, c'est toujours mieux avant. On n'aurait plus rien tourné de valable depuis *Le Mépris*, aucune actrice n'aurait succédé à Romy Schneider et aucun acteur, à Alain Delon. Faussement nonchalant, volontairement urticant, le chroniqueur du *Figaro* prend un plaisir visible à exécuter la plupart des films français (de Tati à Kechiche), à estimer les kilos superflus de telle comédienne, qu'il traite de « gourdiflotte », à s'offusquer des scènes de sexe, à contrarier systématiquement les avis des *Inrockuptibles*, et abuser des calembours d'hypokhâgneux. Plus les autres critiques feignent d'être par lui scandalisés, plus je le traite de « goujat », plus le public s'esclaffe, et plus il est heureux, pensant secrètement au lycéen de Cahors qui, aujourd'hui, préfère avoir tort avec Éric Neuhoff que raison avec…

Riou (Alain) : Longtemps, il a caressé le rêve de réaliser un film de fiction sur *Le Masque et la Plume* (où il est entré en 1990, pour remplacer Michel Pérez, son voisin de bureau du *Matin de Paris* frappé par la maladie). Il m'en avait fait lire le scénario : c'était très fidèle à l'esprit de notre chahut dominical. Il m'y montrait à la peine pour calmer les ardeurs et pacifier les belligérants. Il s'y montrait heureux dans cette émission dont il connaît par cœur les jeux de dupes et de rôles. (Il répète volontiers que c'est en écoutant *Le Masque* qu'il a appris l'importance du scénario.) Je peux toujours compter sur lui pour réveiller les débats lorsqu'ils s'alanguissent, piquer soudain une colère trop violente pour être vraiment sincère, clamer que, dans un film, l'image est moins importante que la direction d'acteurs ou la mise en scène, défendre avec une rage gauloise les mauvais films populaires (il y en a souvent de bons) que ses confrères viennent d'exterminer, ou partir dans de délirantes digressions qui m'obligent inévitablement à prétendre appeler les infirmiers en blanc afin de le ramener, tout doux, tout doux, à la clinique. Mix de Georges Charensol et de Jacques Siclier, s'exprimant souvent comme Michel Audiard (« J'ai voulu être diplomate à cause de vous tous, éviter qu'le sang coule… Mais maintenant c'est fini… je vais le travailler en férocité… le faire marcher à coups de latte… »), le maigre « Riri » est un phénomène : à soixante-quatorze ans, passés pour l'essentiel au *Matin de Paris* et au *Nouvel Observateur*, ce membre du légendaire Vélo-cyclo-club de Saint-Mandé continue de venir, en pédalant, jusqu'à la Maison de la Radio. Dès qu'il arrive, il dépose ses pinces pantalon, sa pompe à vélo et ses mains pleines de cambouis sur le tapis de la tribune, où il persiste à officier en tant que simple journaliste. Comme autrefois Charensol, il déteste en effet l'appellation de critique. Réalisateur (*Elle critique tout*, *Tous les hommes sont des romans*), scénariste (de Jean-Claude Sussfeld, Jean Marbœuf, Renan Pollès) et acteur de complément, ce disciple de Jean Aurenche préfère les films en noir et blanc à la 3D, Jean-Pierre à Vincent Cassel, *Les Tontons flingueurs*, de Georges Lautner, en 16 mm, à *Welcome to New York*, d'Abel Ferrara, en VOD, et il a si fort la nostalgie de l'époque où François Truffaut allait interviewer, en 1962, Alfred Hitchcock dans les studios Universal qu'il en a fait, non pas un film, mais une pièce de théâtre, *Hitch*. Excellente, la pièce.

Dieux

Pour la cinquième édition du « Printemps des poètes », en 2003, Gérard Noiret, l'auteur de *Toutes voix confondues* et d'*Autoportrait au soleil couchant*, composa un poème que *Le Masque et la Plume* lui avait inspiré et que lut Alain Pralon, sociétaire de la Comédie-Française. Un poème en forme de rose, avec quelques épines.

À coup sûr ils sont quelques dieux,
moqueurs, pénétrants, dignes de foi à l'occasion,
mais tombés pêle-mêle de mythologies très diverses,
qui, de toutes façons, ne leur convenaient pas.
La difficulté est de s'y retrouver.
L'un gronde comme Zeus
après l'impudent qui enfreint ses lois
l'autre soupèse les âmes et n'agrée
que celles plus légères que la plume
un troisième défend les mots qui se réincarnent.
Un quatrième parle de sacrifice et de sang
et magnifie ce que le précédent prohibe.
De loin, on écoute ces paroles en sachant

que pour d'autres un peu de leur sort se joue là
(mais juste un peu car ceux qui comparaissent
restent maîtres de leur destin)
au bout du compte on vaque
dans son propre Éden
incapable de savoir à la fin des fins
s'il s'agit de mains qui applaudissent
ou d'une pluie sur les toits.

Dimanches soir (Les)

Le week-end se meurt et déjà le lendemain se dresse, menaçant. À en croire une étude Monster 2008, la déprime du dimanche soir – hors, bien entendu, période de vacances – frapperait 52 % des Français. La reprise, le lundi matin, du travail pour les adultes et de l'école pour les enfants, mais aussi la perspective de cinq jours d'obligations, de trépidations, de soucis, provoqueraient un malaise chronique dans la composition duquel entrent, à pas de renard et entre chien et loup, de l'appréhension, du regret, du cafard et une angoisse indéterminée. Raison pourquoi beaucoup d'auditeurs trouvent des vertus anxiolytiques au *Masque et la Plume*, qui les distrait de leur blues et leur offre, pendant une petite heure où le temps s'arrête et, parfois, fait marche arrière, un bref sursis d'insouciance.

Certains m'avouent même préparer, pour vingt heures pile, des « repas régressifs » – jambon-purée, bouillon avec pâtes alphabet, pain perdu, chocolat au lait crémeux – qui leur rappellent l'époque où leurs parents les faisaient dîner en écoutant l'émission ou revenaient de la campagne au rythme chaotique des joutes « borycharensolesques ». D'autres me disent s'adonner aux ultimes tâches ménagères et aux derniers préparatifs pour le retour imminent à la vie sociale en compagnie d'une bande de joyeux drilles radiophoniques, si ponctuels et fidèles que, hiver comme été, à Noël comme à Pâques, ils ne manquent jamais à l'appel. Car, ce soir-là, les critiques sont beaucoup plus que des critiques : ce sont des alliés, tous apparemment vaccinés contre le spleen, dont la bonne humeur est contagieuse ; ce sont des premiers de cordée qui les aident à franchir, en dansant et se tutoyant, la haute paroi du jour d'après.

S'il était diffusé en semaine, *Le Masque* perdrait son singulier empire sur tous ceux qui lui demandent d'assouplir la vie ordinaire, de mettre, comme disait Françoise Sagan, un peu de soleil dans l'eau froide, de contrarier l'esprit de sérieux et de se moquer, au seuil de la semaine où ils vont forcément proliférer, des importants et des rodomonts. Décennie après décennie, les longues prolongations de cette émission ne disent rien d'autre : on peut parler avec légèreté de choses graves, avec gourmandise d'un livre ou d'un film, avec fraîcheur de ce dont on se vante pourtant d'être un spécialiste, avec ironie des génies autoproclamés et avec insolence des puissants. Somme toute, *Le Masque* est un sas de décompression. Il dynamise le dimanche et déstresse le lundi.

Je fais en revanche partie des 48 % de Français que le crépuscule du week-end n'a jamais rendus moroses. Bien avant de prendre le micro ce jour-là, à cette heure-là, j'aimais déjà le dimanche soir, et même la discrète mélancolie qui s'y attache. Sans doute parce que ce moment indéterminé échappe à l'infernale cadence du calendrier. Il n'est plus paresseux, il n'est pas encore industrieux. C'est une manière de refuge protégé des bruits du monde, une île flottante où l'on a cessé de s'obliger à entretenir sa forme et où l'on est dégagé de tout devoir de sociabilité (dîner le dimanche soir, fût-ce entre amis, m'a toujours semblé un sacrilège et un crime de lèse-liberté, bref, une faute de goût). Lorsque, tout jeune homme, j'écoutais *Le Masque et la Plume*, la météo marine, qui le précédait alors et que psalmodiait une voix de sirène giralducienne, me donnait en plus l'illusion de voguer dans le temps et l'espace. Je dérivais ensuite jusqu'à vingt et une heures. Et je n'étais pas seul. Le lundi matin me paraissait aussi loin que la ligne d'horizon, où le jour se couche et puis se lève.

Élysée

Palais de l'Élysée, 9 octobre 2014. Dans le grand salon, qui ressemble pour l'occasion à une dépendance du Festival de Cannes (on y croise Anouk Aimée, Agnès Varda, Audrey Tautou, Léa Seydoux, Jean-Paul Rappeneau, Costa-Gavras, Arnaud Desplechin, Cédric Klapisch, Bertrand Bonnello, Thierry Frémaux et Pierre Lescure, mais pas Julie Gayet), Gilles Jacob est élevé au rang de grand officier de la Légion d'honneur. François Hollande, qui lui en remet les insignes, salue, dans son discours, un homme dont « la vie se confond avec le cinéma ». Sur l'estrade, les deux présidents, celui de la République française et celui de la république des songes, l'un et l'autre pareillement courtisés par les actrices, s'embrassent et se serrent avec effusion. On devine, chez le premier, un peu de jalousie à l'égard de celui qui, à la présidence du Festival de Cannes, a enchaîné quatre mandats successifs sans jamais faire de démagogie ni chuter dans les sondages.

Après la cérémonie, le chef de l'État, tout sourire, prend le temps de parler avec les invités. Lorsque soudain il m'aborde, son visage se creuse, il fronce les sourcils, comme s'il était soudain saisi par un problème urgent de géopolitique. « Il y a une question qui me turlupine depuis longtemps, me dit-il, et vous allez peut-être pouvoir enfin y répondre : Bory et Charensol, qui s'envoyaient si souvent des noms d'oiseaux, est-ce qu'ils se haïssaient vraiment ? J'ai toujours espéré que c'était un jeu, que *Le Masque*, dont je ne ratais pas une émission, était une comédie, mais je n'en suis pas sûr, et plus le temps passe, plus j'ai envie de savoir... »

Après un bref moment d'hébétude – un président en exercice et en difficulté dont l'apparent souci est de connaître la qualité exacte des relations entre deux critiques de cinéma qui s'affrontaient, il y a quarante ans, à la radio, cela tient de l'histoire drôle ou du conte pour enfants –, je l'ai rassuré, lui démontrant pourquoi et comment, hors micro, ces deux zèbres-là non seulement s'aimaient, mais aussi s'estimaient. Soulagé, François Hollande me lança un « C'est bientôt le soixantième anniversaire ? » qui me rappela la lettre ronflante et surprenante que, le 21 novembre 2005, l'un de ses prédécesseurs, Jacques Chirac, m'avait adressée : « Je tiens à vous adresser mes vœux les plus chaleureux à l'occasion du mémorable anniversaire de l'émission *Le Masque et la Plume* et vous transmettre les souhaits très sincères que je forme pour son avenir. Comme nombre de Français, j'ai pu apprécier l'originalité, l'impertinence et l'érudition des critiques littéraires, puis de théâtre et de cinéma, qui se sont succédé au fil des années à cette prestigieuse tribune. Soyez mon interprète auprès de vos glorieux aînés dans la fonction rude et passionnante d'animateur de ce face-à-face fécond entre les journalistes et un public fidèle sans cesse plus averti. Je sais combien vous avez à cœur de faire vivre et de renouveler cette émission qui fait partie du patrimoine radiophonique de notre pays, symbole d'une radio à la fois culturelle et populaire, comme vous l'avez très bien défini… »

L'Élysée saluant alors le jubilé du *Masque*, c'était cocasse (le moins qu'on puisse dire est que la tribune n'était guère chiraquienne). En même temps, c'était une manière de reconnaître que l'émission devenait, comme la baguette ou le camembert, une spécialité française, mais également ce que l'historien Pierre Nora appelle un « lieu de mémoire », dès lors qu'« une collectivité le réinvestit de son affect et de ses émotions ».

Enfant du Masque *(L')*

Festival d'Avignon, juillet 2014. La foule s'agglutine dans les jardins de la Maison Jean-Vilar, au pied du Palais des Papes, pour assister, sous le soleil, à l'enregistrement du *Masque et la Plume.* Surgit un garçonnet blond de deux ans et demi qui avance, tranquille, mutin et familier, vers la tribune. Tous les regards se jettent sur lui. Il porte en effet un tee-shirt rouge sur lequel est imprimé, en lettres dorées, « Je suis un enfant du *Masque* ». Sourires attendris du public, qui photographie cette touchante et troublante apparition. Derrière le petit Gabriel se tient son père, Pascal Eynard, un auditeur de Bourg-lès-Valence, qui porte lui aussi un tee-shirt « Le Masque et la Plume » et a souhaité profiter de cet enregistrement pour proclamer son attachement à l'émission sans laquelle, veut-il croire, il n'y aurait peut-être pas de petit Gabriel…

À la fin des années soixante-dix, Pascal Eynard découvre, avec *Le Masque et la Plume*, un monde qu'il ne connaissait pas et se passionne pour des débats culturels qui lui étaient jusqu'alors étrangers. Son père était mécanicien et sa mère, femme de ménage. La seule radio qu'on écoutait à la maison, c'était RTL et ses *Grosses Têtes*. Devenu professeur d'économie-gestion, spécialité comptabilité, il va beaucoup au cinéma, envoie, en 1981, sa première carte postale à France Inter pour défendre *Le Choix des armes*, d'Alain Corneau, que les critiques ont étrillé. Deux ans plus tard, il profite d'un séjour « dans la capitale » (*sic*) pour aller assister à un enregistrement, au studio Charles-Trenet. Il y revient, pour la deuxième fois, en 2005 et se présente à moi. Je lui dis que je suis heureux de mettre un visage sur cet auditeur singulier qui, à propos de l'actualité cinématographique, ne manque jamais de m'envoyer des lettres et puis des courriels depuis le Népal, le Tibet et Bali, où il voyage souvent et longuement. En 2009, c'est toujours dans le même grand studio, cette cathédrale laïque, qu'il donne rendez-vous à Édith, de dix ans sa cadette, dont il est follement amoureux, venue exprès de Dordogne. « Quand Édith fut enceinte, raconte Pascal Eynard, on faisait écouter à notre bébé in utero les émissions du *Masque*, et pour l'habituer à ma voix, je lui récitais, parfois lui chantais, la liste des critiques… »

Gabriel Eynard est né le 21 décembre 2011. Lorsqu'il eut vingt mois, son père et sa mère ont descendu l'escalier du Charles-Trenet pour présenter à la tribune le plus jeune des auditeurs, pour nous montrer l'avenir du *Masque*. Aujourd'hui, Gabriel a un petit frère, Camille. Les deux portent désormais des tee-shirts brodés, par un artisan népalais, aux lettres de l'émission. Il paraît qu'ils m'imitent déjà très bien et déclament, avec mon intonation et ma scansion, « Le Masque... et la Plume » que, chaque semaine, sur *La Fileuse* de Mendelssohn, je claironne au début de l'émission.

Fatalité

C'est étrange. La radio aura occupé une grande partie de ma vie, alors qu'elle n'était pas mon genre et que je n'étais pas fait pour elle.

J'ai grandi au milieu de livres reliés ou recouverts de papier cristal et hérité de l'amour exclusif que leur vouait mon père, éditeur universitaire et auteur de longues et savantes études critiques sur les littératures des XVIIIe et XIXe siècles. Je m'accommodais très bien, dans mon enfance, des sacrifices que cette religion de l'imprimé imposait à la famille : pas de télévision (lorsqu'elle finit par apparaître, elle était petite, portative, et destinée, après son bref usage, à être rangée dans un placard), et un unique, énorme, antédiluvien poste de radio en bakélite, qui était le plus souvent éteint. L'actualité, fût-elle brûlante et chargée, prenait son temps pour parvenir dans la maison, où elle n'entrait précautionneusement que grâce au *Monde* et au *Nouvel Observateur*. Mais elle ne passait jamais par les ondes, dont la rapidité était jugée suspecte et dont les voix trop fortes n'inspiraient guère confiance. Dans son bureau tapissé pour l'essentiel d'ouvrages anciens, mon père, qui n'écrivait qu'à la main, résistait moins aux technologies modernes (il goûta tôt au charme du magnétophone, enregistrant les lectures qu'il faisait, pour son seul plaisir, des lettres de Voltaire ou des pages de *Paludes*, de Gide) qu'à cette société du spectacle dont, à la même époque, Guy Debord fut, dans une prose romaine, le contempteur capital.

Parler dans le poste, c'était donc forcément vendre son âme au diable ; s'y montrer, c'était se compromettre, et un peu se dégrader. Chez nous, on ne frayait pas avec « ces gens-là ». Ainsi, jusqu'à sa mort accidentelle, en 1973, mon père a donné à Diderot, Fontenelle, Flaubert, Fromentin, Barrès ou Péguy le temps privé qu'il refusait d'accorder à Desgraupes, Dumayet, Chancel, Polac ou Bastide. Pour lui, aristocrate sans particule, *Le Masque et la Plume* n'existait pas davantage que *Lectures pour tous* ou *Radioscopie*. C'était du bruit.

J'ai été longtemps marqué par cette éducation, et les principes dépouillés qui la régissaient. Très tôt, j'ai su que je travaillerais *dans le papier*. J'aimais écrire. Je buvais de l'encre. À l'adolescence, je me croyais poète, je m'épanchais dans des carnets intimes, je confectionnais avec des feuilles quadrillées des journaux imaginaires dont je tenais l'hypothétique chronique littéraire. La disparition de mon père, lorsque j'eus dix-sept ans, me conforta dans mon choix : comme lui, je serais khâgneux, après quoi je le prolongerais en devenant à mon tour éditeur ou en écrivant les livres qu'il aurait sans doute donnés, s'il n'avait été arrêté net dans son affolante course au galop. Comme lui, je me voudrais inflexible, austère, vertueux, jusque dans le style sans graisse, sans complaisance. Je me passionnerais pour Bachelard et j'ignorerais Bouvard. Peut-être même serais-je publié un jour dans la *NRF*, où Jean Paulhan avait accueilli ses brillants essais sur Stendhal et sur Joseph Joubert.

Mais le destin en a décidé autrement, et je n'avais pas mon mot à dire. J'ai été embarqué dans une aventure que je n'avais pas voulue, mais que je n'ai pas refusée. J'étais rédacteur aux *Nouvelles littéraires* lorsque, au début des années quatre-vingt (j'avais vingt-cinq ans), Serge Moati, qui dirigeait FR3 depuis l'élection de François Mitterrand, me proposa de coanimer une émission culturelle, *Ouvert le dimanche*, avec Jean-Michel Damian et Élisabeth Couturier, et ensuite de présenter seul, en direct, chaque dimanche soir, un magazine littéraire, *Boîte aux lettres*. Je ne connaissais alors rien à la télévision, qui m'apparaissait comme un gros monstre impavide, dans la gueule duquel je me suis jeté avec la fougue des timides. J'avais beau consacrer mes émissions à Georges Perros ou Jean Cayrol, recevoir sur mon plateau Peter Handke ou Henri Thomas, me déplacer, avec de gros camions-régie, dans le château bourguignon de Claude Lévi-Strauss ou l'appartement sudiste de Julien Green, rue Vaneau, je regardais souvent la caméra en pensant à mon père disparu, qui aurait sans doute mal jugé mes prestations cathodiques et se serait peut-être demandé ce que, diable, son fils était allé faire dans cette galère. Car au lieu d'ouvrir, avec un coupe-papier, des ouvrages non massicotés au parfum de naphtaline ou de soutenir une thèse sur la littérature du siècle des Lumières, je faisais le paon – un paon cravaté – dans les immenses studios de la SFP, rue des Alouettes, quand je n'improvisais pas, depuis un café des Halles, en compagnie de Jean d'Ormesson, de Léo Ferré et de ses musiciens, un hommage à Louis Aragon, qui s'était éteint à la veille de Noël 1982.

Le seul avantage de la télévision est qu'elle me désinhiba, qu'elle me décoinça. J'y ai appris très tôt à vaincre le trac, à calmer un peu mon débit de mitraillette, à maîtriser la technique sans en être jamais l'esclave, et surtout à profiter de ce média très populaire pour faire passer mes goûts, pour convertir les téléspectateurs aux fresques de Claude Simon, aux soties de Béatrix Beck, aux romans de Patrick Modiano ou aux poèmes de Philippe Jaccottet.

Lorsque, après avoir définitivement tourné le dos au petit écran (sans jamais vouloir y revenir), je pris les commandes du *Masque et la Plume*, ce nouvel exercice me parut un jeu d'enfant. À côté des plateaux de télévision, la radio, fût-elle en public, était d'une déconcertante sobriété, d'une émouvante simplicité. Et, toujours poursuivi par la spectrale figure paternelle, j'avais moins le sentiment de m'y exhiber, il m'arrivait même de croire m'y ressembler. C'était en effet le prolongement naturel, devant des micros que j'ai fini par ignorer, de ces conversations animées de cafés, où des bandes de copains se disputent à propos d'un film bas-normand de Manuel Poirier ou d'une mise en scène kitsch d'Olivier Py, et se réconcilient, à pas d'heure, autour d'une promenade parisienne, digressive, d'Henri Calet. À peine ai-je le sentiment, aujourd'hui, d'être un animateur radio – je n'en possède d'ailleurs, je le sais, ni les codes, ni les règles, ni le casque. Disons simplement que je fais *Le Masque* comme on fait du cheval, en avant, calme et droit. Et ça, mon père, je crois, je l'espère, l'aurait compris.

Générique

Cela fait trente-cinq ans que, avant de libérer un geyser de harangues et après avoir endigué un flot tumultueux de sentences, coule, indocile, narquoise et tournoyante, *La Fileuse*, de Mendelssohn. Un bref extrait de *Romances sans paroles*, opus 67, n° 4, pour ouvrir et puis fermer le moulin à paroles. Une chute d'eau annonçant le hourvari.

Les plus jeunes des auditeurs croient que cet indicatif musical remonte aux origines du *Masque et la Plume*. Il n'en est rien. D'abord, il y eut du clavecin. C'était charmant et suranné. L'instrument aux cordes pincées introduisait *Le Masque et la Plume* des années cinquante, de même que les *Ordres* de Couperin ou les *Suites* de Haendel accueillaient les hôtes des grandes salonnières du XVIIIe. On entrait chez Bastide et Polac comme, jadis, chez Mme Geoffrin : pour y entendre pérorer les encyclopédistes. À l'oreille, la RTF gaullienne avait alors un air de monarchie absolue.

En ce temps-là, tout au long de l'émission, où

seuls manquaient les petits fours et les alcools forts, des pianistes accompagnaient les tirades et, n'en faisant qu'à leur guise, improvisaient sur les thèmes des œuvres évoquées à la tribune. Jean Wiener et Georges Delerue, qui furent les compositeurs de nombreuses musiques de films (pour l'un, *Touchez pas au grisbi*, *Les Frères Bouquinquant*, *Mouchette*, *Lettres d'amour en Somalie*, et, pour l'autre, *Hiroshima mon amour*, *Jules et Jim*, *Viva Maria*, *Le Mépris*), mais aussi Christian Ivaldi, Yves Prin, Gérard Parmentier s'illustrèrent dans cet exercice inédit qui rappelait l'époque lointaine du cinéma muet où les instrumentistes traduisaient l'effroi, la surprise, le comique et le drame, où la gamme descendante signifiait la chute et l'ascendante, l'exploit. Après le piano, ce sont la harpe de Monique Rollin, la clarinette de Michel Portal et les percussions de Jean-Pierre Drouet qui firent leur entrée dans l'arène afin de rythmer les causeries, longues alors de deux heures. *Le Masque* prenait son temps et s'imaginait à Pleyel. Son animateur, François-Régis Bastide, aussi brillant pianiste que romancier symphonique, tenait que la musique adoucit les mœurs, calme les esprits les plus échauffés et tempère les perfidies.

C'est lui, Bastide, l'élève d'Alfred Cortot, le compatriote de Ravel, le compositeur – à vingt ans – d'une *Messe au général Koenig*, l'éditeur de la collection « Solfège » au Seuil, le scénariste du *Troisième Concerto*, l'amoureux de Fauré et

Debussy, l'auteur de *La Fantaisie du voyageur* dont François Mauriac disait : « Ce grand écrivain en puissance prend enfin sa revanche grâce à l'écrivain qu'il est devenu », c'est lui, Bastide, en chef d'orchestre du *Masque*, qui choisit, en 1975, un impromptu de Schubert en guise de générique et le remplaça, trois ans plus tard, par la désormais fameuse *Fileuse*, de Mendelssohn, jouée par Daniel Barenboïm. C'était, pour être précis, le 17 septembre 1978.

Pourquoi, soudain, Mendelssohn ? Parce que Bory. À François-Régis Bastide, l'alacrité de ce morceau emprunté aux *Romances sans paroles* évoquait en effet le parler enjoué et précipité du critique de cinéma du *Nouvel Obs*. Seulement voilà, Jean-Louis Bory ne venait plus au *Masque* depuis quelques mois et lui manquait. Frappé par une terrible dépression, l'ex-joyeux drille allait, le pas chancelant, de clinique en maison de repos. Bastide voulait croire que son ami se rétablirait, qu'il retrouverait bientôt sa diction chantante, son humour ravageur, sa méchanceté assassine et son fauteuil au studio 104, dont il était la vedette et le rôle-titre. Il n'imaginait pas que, huit mois plus tard, l'auteur de *Ma moitié d'orange* mettrait violemment fin à ses jours. « Ce Mendelssohn est d'abord pour Jean-Louis », déclara alors François-Régis, au moment de lui dédier, à l'antenne, cette mélodie charmeuse et, pensait-il, thérapeutique.

Mais une seconde raison présidait également

au choix, par le producteur, de ce nouveau générique. En même temps qu'une adresse à l'homme blessé, c'était une réplique musicale à l'antisémitisme rampant. Car, depuis quelque temps, dans le courrier quotidien de l'émission, le plus souvent anonyme, Bastide était accusé d'avoir accueilli « trop de youtres à la tribune ». On exigeait de lui de faire le ménage. Devant le nombre croissant de lettres nauséabondes, l'auteur de *La Vie rêvée* avait choisi la méthode forte : « Alors je me suis dit : puisque c'est comme ça, avec Mendelssohn par Barenboïm, je vais les gâter ! » Une double peine, donc, pour les néo-hitlériens : l'addition radieuse et insoucieuse, en *ut* majeur, d'un compositeur juif allemand et d'un prodige argento-israélien d'origine russe.

Depuis cette date, *La Fileuse* est restée la clef de sol du *Masque*. Ni Pierre Bouteiller ni moi-même n'avons jamais pensé changer cet indicatif, trop chargé d'émotions, trop plein de symboles. Lorsque, longtemps après son apparition, indémodable, généreux, provocant, il descend des cintres et envahit le studio, j'entends encore la voix carnavalesque de Jean-Louis Bory, le verbe souverain et moral de François-Régis Bastide, la petite musique du temps qui passe et des principes qui demeurent, mais aussi le chœur polyphonique de tous les ténors et sopranos qu'il a introduits, décennie après décennie, pour devenir l'hymne national de la critique. En somme, *La Fileuse* oblige.

Hernani *(Bataille d')*

Lorsqu'il m'arrive d'écouter de vieilles émissions du *Masque et la Plume*, il me semble parfois réveiller, exhumées d'un temps où l'on aurait rêvé que la radio existât, de très vieilles querelles. Celle, par exemple, des Anciens, représentés par Boileau, et des Modernes, conduits par Charles Perrault, qui mit sens dessus dessous l'Académie française, à la fin du XVIIe siècle. Ou celle, furieuse et joyeuse, de la bataille d'*Hernani* qui opposa, en 1830, au Théâtre-Français où se jouait le drame de Victor Hugo, les classiques en habit sombre se réclamant de Corneille, et les romantiques en gilet rouge, menés par Théophile Gautier, Alexandre Dumas et Gérard de Nerval. Des conflits dont on a oublié combien ils étaient à la fois artistiques et politiques, esthétiques et éthiques. *Le Masque et la Plume* les a prolongés dans la deuxième partie du XXe siècle avec des débats très âpres sur le Nouveau Roman (Alain Robbe-Grillet et Michel de Saint-Pierre se livrèrent à un fameux bras de fer dans le studio 104), la Nouvelle Vague, le théâtre de l'absurde, le telquelisme, l'autofiction ou le Dogme95. De la comédie musicale *Hair* à *La Grande Bouffe*, de Marco Ferreri, de *Tristes tropiques*, de Claude Lévi-Strauss, à *Hiroshima mon amour*, d'Alain Resnais, de *La Religieuse*, de Jacques Rivette, au *Chagrin et la Pitié*, de Marcel Ophüls, de *1789*, d'Ariane Mnouchkine, à *La Défaite de la pensée*, d'Alain Finkielkraut, des *Particules élémentaires*, de Michel Houellebecq, au *Fabuleux Destin d'Amélie Poulain*, de Jean-Pierre Jeunet, je ne compte plus les films, les pièces, les livres, les mouvements et tendances qui ont agité et fait se lever les critiques du *Masque*. Tous y ont d'ailleurs participé, depuis soixante ans, avec l'idée que l'art déteste le confort, les conventions, les idées admises, avec la certitude aussi que, s'il ne suscite pas un pugilat permanent, il n'est alors qu'un aimable divertissement, et que, s'il prétend explorer de nouvelles terres, il doit débattre. « Une époque qui n'a pas de critique, écrivait déjà Oscar Wilde, est une époque où l'art est immobile. »

Histoire

C'est Jean Tardieu, alias Monsieur Jean, le poète de *Comme ceci, comme cela*, de *L'Accent grave et l'Accent aigu*, le dramaturge d'*Un mot pour un autre*, qui eut l'idée géniale de « les » marier. Il dirigeait alors, au 37 rue de l'Université, à Paris, le Club d'essai de la RDF (Radiodiffusion française), un atelier de création, fondé en 1946, où les écrivains côtoyaient les musiciens dans des nuages de tabac brun, où Maurice Jarre croisait Francis Ponge, Pierre Dumayet copinait avec François Billetdoux et Pierre Tchernia, avec Roland Dubillard ou Albert Camus. Les émissions étaient diffusées à Paris et dans sa proche banlieue. C'était de la radio élitaire de proximité.

François-Régis Bastide, vingt-neuf ans, ancien spahi de la 2e DB, retour d'Allemagne qu'il avait occupée et où il avait en charge le programme musical de Radio Sarrebruck, ancien secrétaire du Centre culturel de Royaumont, animait sur cette RDF une causerie littéraire intitulée *Une idée pour une autre*. Michel Polac, vingt-cinq ans, ancien ouvrier dans une usine de serrures frigorifiques et ex-mousse sur un bateau de pêche, produisait de son côté *Entrée des auteurs*, un magazine consacré aux jeunes dramaturges, ainsi que *Pour l'amour du théâtre*, enregistré aux Noctambules, dont il était alors le secrétaire général.

Or, tout les opposait. Bastide avait du chien et Polac, des manières de chat de gouttière. L'un cherchait à avancer et l'autre, à fuir. Le premier, romantique et courtois, voulait séduire tandis que le second, trublion et séditieux, s'ingéniait à déranger. Jean Tardieu, qui aimait inventer, créer de l'électricité, casser les moules, comprit qu'il fallait frotter ces deux jeunes talents griffus, paradoxaux et complémentaires. En 1955, il leur confia donc le soin d'établir un programme commun dont l'article premier était si simple qu'il n'a jamais varié : passer au crible l'actualité culturelle en compagnie de chroniqueurs de la presse écrite. (En ce temps-là, les premiers étaient puissants et la seconde était prescriptrice.) Les deux animaux – chien et chat, donc, mais aussi carpe et lapin, lièvre et tortue, cigale et fourmi – se toisèrent, se flairèrent, s'étonnèrent, et consentirent enfin à mêler, sur ordre de la direction, leurs divergences criantes. Ils trouvèrent un titre dont ils allaient longtemps, en blaguant, se disputer la paternité : « le masque », symbole du théâtre, « et la plume », emblème de la littérature. Ils installèrent leurs micros sur la scène des Noctambules puis celle du Vieux-

Colombier. Pendant près de dix ans, jusqu'à la fondation de la Maison de la Radio, ils firent ainsi le spectacle dans des théâtres parisiens. Devant un public de quatre cents auditeurs-spectateurs, ils frappèrent, le trac au ventre, les trois coups.

C'est ainsi que, le 13 novembre, alors que sortait sur les écrans *À l'est d'Éden*, d'Elia Kazan, avec James Dean, mort accidentellement le 30 septembre, naquit, dans le cadre du Club d'essai de la RTF (Radiodiffusion-télévision française), au milieu d'un tumulte de générale et sous des applaudissements réservés d'ordinaire aux comédies, « le magazine public des lettres et du théâtre ». Il durait deux heures et dix minutes et était rythmé, au piano, par les improvisations de Jean Wiener. (Il ne dépasse guère, aujourd'hui, les cinquante-cinq minutes et le piano a disparu.) Le plus souvent, Régis orchestrait les débats à la tribune où, le jour inaugural, siégeaient notamment Roland Barthes, Jean Cayrol, Guy Dumur, Max Favalelli, Robert Kanters et Morvan Lebesque pour parler de théâtre ; Georges Lerminier, Paul-André Lesort, Michel Mohrt, Claude Roy et Jean Nepveu-Degas pour parler de livres. Jean Wiener accompagnait les débats au piano, et Jacques Mauclair donna ce soir-là une pièce courte. De son côté, Michel recueillait dans la salle les avis de l'assemblée et tendait de préférence son micro aux provocateurs, aux insolents, aux empêcheurs de critiquer en rond. La formule fonctionna d'emblée. Le Vieux-Colombier en redemanda. Et Jean Tardieu se frotta les mains. Le poète avait du nez.

Pendant ce temps-là, le gouvernement français reconnaissait Mohammed Ben Youssef comme sultan du Maroc. Francis Jeanson publiait *L'Algérie hors la loi*. *Les Sept Samouraïs*, d'Akora Kurosawa, et *Le Monde du silence*, du commandant Cousteau et de Louis Malle, sortaient sur les écrans. Albert Camus appelait, depuis Alger, à « la trêve civile ». Le gouvernement Edgar Faure était renversé et remplacé par celui de Guy Mollet. Nathalie Sarraute signait *L'Ère du soupçon* et Cioran, *La Tentation d'exister*, pendant que la première pièce de Marguerite Duras, *Le Square*, était montée au Studio des Champs-Élysées et saluée par Samuel Beckett et Maurice Blanchot.

En novembre 1956, alors que les chars soviétiques entraient dans Budapest, le jury Goncourt décerna son prix aux *Racines du ciel*, de Romain Gary, et les dames du Femina couronnèrent *Les Adieux* de François-Régis Bastide. Grâce à cette soudaine notoriété, qui conférait un supplément de charme à son animateur, *Le Masque et la Plume* quitta le cercle des poètes pour les ondes nationales de Paris Inter, l'ancêtre de France Inter, où il fut diffusé à vingt-deux heures. Et en 1957, avec Georges Charensol et Jean-Louis Bory, mais aussi Pierre Marcabru et Claude Mauriac du *Figaro*, Jean de Baroncelli du *Monde*, Robert Benayoun du *Point*, Michel Ciment de *Positif* et même François Truffaut, une nouvelle discipline fit timidement son apparition : le cinéma, dont nul n'aurait pu prédire alors qu'il deviendrait l'argument principal du succès et de la longévité de l'émission. Sans, pour autant, que son titre fût remis en question. Soixante ans plus tard, le rendez-vous dominical des cinéphiles, qui ne sont pas regardants, est en effet placé sous la seule égide du théâtre et de la littérature…

En décembre 1958, *Le Masque* quitta l'Alliance française du boulevard Raspail, où les quatre cents fauteuils ne suffisaient pas à accueillir le public, pour s'installer au théâtre Récamier, dont la jauge frôlait les six cents places. C'est là que, à l'automne de 1961, Jean-Louis Bory fit des débuts tonitruants dans l'émission qu'il allait, pendant dix-huit ans, porter et incarner. Suite et fin des déménagements : à peine édifiée et inaugurée par le général de Gaulle en personne, la Maison de la Radio, dite « Maison ronde », offrit au *Masque* l'écrin de son studio 104 et ses mille places assises.

Animateur intermittent, que des activités diverses et variées, quand ce n'étaient pas des amours voyageuses, éloignaient régulièrement des studios, Michel Polac finit par quitter définitivement *Le Masque et la Plume* en 1970, abandonnant le trône à François-Régis Bastide, qui régna jusqu'à son départ pour les ambassades, en 1982. C'est alors que Pierre Bouteiller lui succéda. Pierre, le plus doué d'entre nous. Le charmeur étincelant. Le persifleur en cravate. Le tennisman jazzy. L'homme à la voix de crooner, dont le désabusement de pianiste de grand hôtel n'avait d'égal que l'humour anglais – sa réserve personnelle de calembours, citations, saillies, jeux de mots, était phénoménale. Oh, il ne s'ennuyait pas à préparer l'émission (il avait assez à faire avec son magazine matinal et quotidien) ; il ne se fatiguait pas davantage à voir les films ou lire les livres (c'est Martine de Rabaudy qui lui apportait les fiches à l'instant du générique) ; car il avait le don d'improviser. Avec lui, *Le Masque* était une conversation de club, un dîner à la campagne dans un film de Claude Sautet, un banquet d'anciens élèves, une jam-session sans instruments. Oublié, le cahier des charges. Malmenée, la légende. Seule primait la bonne humeur. Et qu'importe si le public du Charles-Trenet se raréfiait, si le courrier hebdomadaire se limitait désormais à quelques lettres d'habitués. Chacun d'entre nous (j'étais alors critique dans la bande littéraire) venait raconter le dernier roman qu'il avait lu, le dernier film qu'il avait vu, la dernière pièce qu'il avait applaudie ou sifflée. Pierre avait d'ailleurs si peu le souci de marcher dans les pas de ses prédécesseurs qu'il ouvrit l'émission à la chanson, à l'opéra, à la mode, à la télévision… Encore un peu et il y aurait volontiers fait entrer la gastronomie. Les auditeurs fidèles se rebiffèrent, il s'en amusa et les traita de ronds-de-cuir. Il était libre, Pierre.

En 1989, pour sa plus grande joie, il fut

nommé directeur des programmes de France Inter. La charge lui imposa de quitter le micro. J'entends encore sa voix au téléphone : « Ça te dirait de prendre ma place au *Masque* ? Tu connais bien la boutique, tu y es critique depuis belle lurette et puis, avec tes fonctions à *L'Événement du Jeudi*, tu es un pluriculturel, tu pourrais faire l'affaire... » J'acceptai aussitôt. Étrangement, sa proposition ne fut pas l'occasion d'un défi personnel. C'était plutôt une suite logique, le prolongement naturel d'une vie en communauté. J'avais depuis longtemps tissé des liens d'amitié avec mes prédécesseurs et avec la plupart des critiques. On était du même sang. Pierre me confiait simplement la famille, à moi de la gouverner, de la paterner, de la faire grandir et prospérer. J'héritais d'une maison qu'un jour, je le savais bien, je transmettrais à mon tour. Quand ? Je l'ignore encore, à l'heure où je célèbre le soixantième anniversaire de *notre* émission. Cela fait vingt-six ans que j'officie en effet à cette tribune, en y trouvant une jouissance que le temps n'a jamais réussi à émonder, mieux, qu'il n'a cessé d'augmenter. C'est l'unique critère de ma permanence, certains diront : de mon opiniâtreté. Au moindre signe de langueur, à la première courbature, je passerai la main. *Le Masque* est la version radiophonique d'une histoire d'amour. Le train-train l'affadit.

La Normandie est prodigue. Elle nous a donné l'andouille de Vire, le livarot (appelé aussi « colonel »), les tripes, le calva, Alphonse Allais auquel on doit « Deux et deux font cinq », le sinistre et hilarant Erik Satie, Roger Ferdinand, auteur de *Les croulants se portent bien*, Bourvil, natif de la riante bourgade de Prétot-Vicquemare, l'hédoniste Michel Onfray, le baroque, tendance salace, Patrick Grainville, et les Calvadosiens Delerm, père et fils, textes et chansons. Il convient d'ajouter à la liste un garçon très doué qui les rassemble tous. Il s'appelle François Morel. Je l'adore. Haut par la taille, mais bas-normand par l'origine, il est acteur, humoriste, écrivain, scénariste et chanteur. Il sait tout faire : prêter sa voix à Rantanplan et jouer *La Mort de Pompée* de Corneille, inspirer le groom mythomane du *Palace* de Jean-Michel Ribes et tenir avec Yolande Moreau la fromagerie des « Deschiens », échanger *Les Diablogues* de Dubillard avec son compatriote Jacques Gamblin et rédiger des ouvrages de sagesse, dont *Meuh !*

(voir *Vaches*). Il est aussi à l'aise dans *Les Dégourdis de la 11*^{e} d'André Mouëzy-Éon que dans les films de Lucas Belvaux ; chez Offenbach que sur France Inter, le vendredi matin ; en *Bourgeois gentilhomme* naïf et capricieux mis en scène par Catherine Hiegel qu'en gardien d'immeuble pervers dans *Valentin Valentin*, de Pascal Thomas.

Comme le camembert, Morel est fait à cœur. Il est tout mou sous sa croûte fleurie. Il suffit, pour s'en assurer, d'écouter son album, *Le Soir, des lions*, une merveille de délicatesse dont Reinhardt Wagner, Juliette et Vincent Delerm ont composé les musiques. Il y chante les vieux qui nous ont quittés, la souffrance des filles pas très belles, les plaisirs d'enfance évanouis, nos existences provisoires ballottées de bals musette en feux de la Saint-Jean. Il y réconforte aussi les morts qui avaient tant espéré se reposer après la vie et que dérangent, dans leur sommeil éternel, des tagueurs néonazis. Et, très important, il préconise, pour chasser le spleen, de tremper longtemps les pieds dans une bassine d'eau tiède avec du gros sel de cuisine. On dirait du Moustaki fredonné par Bourvil. On sourit. On est ému. Cet homme dont le père, un militant cégétiste, faisait les trois-huit à la gare SNCF de Flers (Orne), est très obligeant avec le passé et très prévenant avec une certaine France. Celle de Fernand Raynaud et de Raymond Queneau, de Marcel Aymé et de Sempé, d'Alexandre Vialatte et de Darry Cowl.

J'ai toujours pensé que *Le Masque et la Plume*

s'apparentait à du théâtre. Et c'est François Morel, dont un des spectacles s'intitule *La fin du monde est pour dimanche* (il aurait dû préciser : *Dimanche, 20 heures*), qui m'en a apporté la preuve. Je me rappelle encore son coup de téléphone, un matin du milieu des années 2000 : « Je voudrais adapter pour la scène les échanges de Bory et Charensol. » Moi, intrigué : « Pour en faire une pièce ? » Lui, sibyllin : « Disons, un spectacle ». Moi, soudain sceptique : « Seraient-ce vraiment les propos qu'ils ont tenus au *Masque*, les tirades qu'ils y ont improvisées ? » Lui, sûr de son fait : « Oui, j'ai écouté les archives de l'émission, c'est épatant, ça tient le coup, à peine faudrait-il faire quelques retouches, quelques ajustements, trois fois rien. Mais tout est là. Il suffit de retranscrire littéralement leurs propos. »

Pour François Morel, comme pour nous tous, *Le Masque* est une madeleine, qu'il a trempée autrefois, le dimanche soir, à Flers, dans du Nesquik laiteux. Sur son transistor, il écoutait, avec bonheur, la chorale de la sincérité scandée, à l'harmonium, par les accords de la mauvaise foi. Il s'était pris alors de passion pour Charensol et Bory, aussi indissociables, selon lui, que Laurel et Hardy, ses idoles. Il aimait que les deux amoureux du cinéma surjouent, à l'antenne, la querelle des Anciens et des Modernes – vingt ans les séparaient, mais la complicité en faisait des jumeaux de tribune. Obstiné, comme tous les Normands, François a donc mené son projet à bien. Le 3 mai

2011, à la Coursive de La Rochelle, fut créé, dans sa propre mise en scène, *Instants critiques*, avec Olivier Broche dans le rôle de Jean-Louis Bory et Olivier Saladin dans celui de Georges Charensol. Le rideau s'ouvrait sur une salle de cinéma en déshérence, style art et essai, et sur la météo marine chantée par Lucrèce Sassella : « Tempête à violente tempête, pluie ou grains orageux sur toutes les zones, mer agitée à forte, Forties Cromarty, Lion Cantabrico, Shannon Antifer... » (Longtemps, en effet, ce fameux bulletin et son sabir océanique ont introduit *Le Masque* comme s'ils annonçaient les bourrasques, les alizés et les orages déclenchés, sous abri, par les critiques ; il se poursuit aujourd'hui, à la même heure, mais exclusivement sur les grandes ondes.)

Du fond de la scène, par des portes battantes, arrivaient alors, le cartable à la main, les deux duettistes, criants de vérité : le rigoureux Charensol en gilet et cravate, le débonnaire Bory en col roulé et veste de daim. Et pendant une heure, ponctuée par des pas de madison, ils s'écharpaient à propos de *Bande à part* et de *Pierrot le fou* de Jean-Luc Godard, de *L'Empire des sens* de Nagisa Oshima, de *L'Amour l'après-midi* d'Éric Rohmer ou de *La Grande Bouffe*, de Marco Ferreri. *Théorème*, de Pasolini, inspirait à Bory son célèbre « C'est là où Charensol offre le spectacle le plus abominable que puisse offrir le Français poujadiste non intellectuel ! ». Et *Le Corniaud*, de Gérard Oury, provoquait l'ire du même Bory : « Ce film représente le vomi du cinéma français se complaisant dans sa bassesse avec une satisfaction jubilarde. » À quoi Charensol répondait en salivant : « Vous allez avoir un procès, mon vieux », trop content de voir son alter ego vitupérer le cinéma populaire. « Vous n'aimez, lançait-il à Bory, que les films qui font trois mille entrées. Moi, j'aime les films qui font un million d'entrées quand ils sont bons. » Non, rétorquait le critique de *L'Obs*, « je dénonce le complot des forces assoupissantes ». (Formidable image que ces « forces assoupissantes ».) Entre deux colères, les frères ennemis se réconciliaient dans une lumière chaplinesque et chantaient, accompagnés à l'ukulélé par Lucrèce Sassella, *Ma ligne de chance*, de Rezvani, ou un air des *Parapluies de Cherbourg*.

Grâce au talent des deux Olivier, le Broche et le Saladin, le spectacle était à la fois très drôle et souvent poignant. Pour moi, il était troublant. Car ces chamailleries calculées, ces « Tout ça, Jean-Louis, ça n'existe que dans ta petite tête », ces « Salaud ! », ces « Tu es d'une mauvaise foi inimaginable ! », ces « Tu es d'une naïveté incommensurable ! », ces « Ne fais pas ton numéro, c'est monotone » et ces « Tais-toi, tais-toi ! », combien de fois ne les ai-je pas réécoutés sur les vieilles bandes archivées, sans cesse restaurées et rediffusées… Leur mésentente parfois authentique, parfois feinte, toujours allègre, passait donc la rampe, trente ans plus tard. Et de leurs improvisations naissait un étonnant dialogue de théâtre, où deux amants irascibles et passionnés se disputaient, sous nos yeux, les faveurs de leur belle : le cinéma.

Pendant deux années, *Instants critiques* a tourné de ville en ville et rencontré partout le même succès, sans que je sache vraiment ce que les spectateurs applaudissaient si fort : l'orchestration franco-française de François Morel, la performance de Broche et Saladin, les figures légendaires de Charensol le râleur et de Bory l'extraverti, ou simplement leur propre jeunesse soudain revenue, lorsqu'ils écoutaient *Le Masque et la Plume* dans leur 4L, retour de la pêche, de la promenade dominicale ou de la visite aux grands-parents, et pensaient qu'ils ne vieilliraient jamais, et imaginaient que leur émission serait éternelle.

Je me souviens

Je me souviens du soir où, dans le hall de la Maison de la Radio, Jean-Marie Cavada, qui présidait alors Radio France, m'a glissé qu'il aimait bien *Le Masque*, « surtout quand les critiques s'étripent », mais trouvait « inélégant » vis-à-vis des auditeurs que l'on se tutoie au micro. Je lui ai répondu que le tutoiement était en vigueur dans l'émission depuis sa création, qu'il ajoutait à son esprit convivial, à sa gaieté de bistrot, et que se vouvoyer, ce serait tricher, or, les Masquiens ne trichent pas. Quant à l'auditeur, il est d'autant moins exclu de la tribune qu'il en fait partie – il occupe même le cinquième fauteuil critique. « Qu'ils se tutoient entre eux, passe encore, a insisté Cavada, mais il serait préférable que vous, l'animateur, les vouvoyiez... » Je lui ai poliment répondu que, si je lui obéissais, j'aurais l'impression d'emprunter à ces couples aristocratiques qui se vouvoient non seulement à table, mais aussi au lit, parfumé à l'eau de Guerlain. Et qu'évidemment, je n'en ferais rien.

★

Je me souviens du dernier soir, quelques semaines avant sa mort, en janvier 1994, où Jean-Didier Wolfromm a lentement, précautionneusement descendu, arc-bouté sur une canne, l'escalier pentu du studio Charles-Trenet, où nul ne pouvait imaginer qu'il venait faire, à cinquante-trois ans, ses adieux au public, lequel goûtait tant son humour acidulé et corrosif. Les mains déformées par une polio d'enfance, la peau rougie par un eczéma incurable, la chair, le cœur et le verbe à vif, l'auteur de *Diane Lanster*, directeur des études aux Beaux-Arts, pilier depuis des lustres de la brasserie Lipp et du *Masque et la Plume*, fut ce soir-là fidèle à sa légende d'érudit railleur et rieur, aussi disert sur les albums de Tintin que sur les Mémoires du général de Gaulle. (Peu de temps auparavant, il avait ainsi loué une biographie de Lacan : « Je l'ai lue d'une traite, avec passion, mais j'ai sauté tous les passages sur la psychanalyse. ») Sa voix, qu'il travaillait à la manière d'un sénateur des Hauts-de-Seine, le dédommageait d'un corps qui le faisait atrocement souffrir et que, chez lui, il plongeait dans une baignoire pendant des heures afin d'en calmer les brûlures, d'en noyer les douleurs. Raison pourquoi il aimait tant *Le Masque* : éloquent, mais invisible, il montrait dans le poste son meilleur visage, celui d'un jeune séducteur qui courtisait la littérature comme une femme et d'un stratège qui jugeait la qualité de ses prestations radiophoniques au nombre d'ennemis qu'une seule émission pouvait lui apporter. Après son dernier enregistrement, il quitta la tribune en me lançant, par bravade et avec bravoure : « À la prochaine ! »

*

Je me souviens d'un *Masque et la Plume* où Jean-François Josselin, du *Nouvel Obs*, manquant à l'appel, j'avais dû commencer, à vingt heures, l'émission sans lui, priant discrètement les trois autres critiques littéraires présents, dont Josyane Savigneau, du *Monde*, de combler son absence en s'attardant davantage sur les livres au programme. Un quart d'heure après le générique-début, Jean-François était soudain apparu, falstaffien, en haut du studio. Il titubait et, descendant l'escalier, avait manqué tomber à chaque marche, s'accrochant aux épaules des spectateurs avec le désarroi d'un cow-boy atteint par une flèche apache. Enfin, il avait touché la terre ferme de la tribune. Hilare et ivre mort, il avait alors pincé les fesses de Josyane et s'était assis dans son fauteuil pour prendre, en cours de route et comme si de rien n'était, ce *Masque* improbable dont je n'avais pas voulu interrompre l'enregistrement. Le plus étonnant est que même dans un état second, Jean-François avait réussi à donner, sur chaque livre, entre deux grognements intempestifs, un avis circonstancié. (Je découvris ce soir-là que la mémoire peut résister aux plus puissantes vapeurs d'alcool, qu'elle est indissoluble dans le whisky.) Sa voix était incertaine et sa langue, chargée, mais, vaille que vaille, il avait fait le job. À la fin de l'émission, je m'apprêtais à le sermonner lorsque je m'aperçus qu'il avait déjà disparu.

Le lendemain, vers midi, à mon bureau de *L'Événement du Jeudi*, je reçus un coup de téléphone de Jean-François : « Excuse-moi de te déranger, mais j'ai besoin que tu m'éclaires. Est-ce que je suis venu, hier soir, au *Masque et la Plume* ? » Moi : « Tu te moques ? Tu me cherches ? » Lui : « Pas du tout, ma question est très sérieuse. Je me souviens d'avoir déjeuné avec Yann Queffélec et, j'en conviens, un peu trop picolé, mais après, crois-moi, c'est le noir absolu. Si je suis allé à la Maison de la Radio, j'ignore comment. Et ce matin, je me suis retrouvé dans mon lit, sans savoir par quel miracle j'avais bien pu rentrer chez moi. Alors, dis-moi, j'y étais ou je n'y étais pas, au *Masque* ? »

⋆

Je me souviens des années quatre-vingt-dix, lorsque, chaque été, après avoir enregistré à ciel ouvert deux émissions au Festival d'Avignon, dans la cour du musée Calvet ou le jardin de la Maison Jean-Vilar, je partais, tel un bateleur itinérant, pour Aix-en-Provence, où la tribune du

Masque était cette fois disposée soit sur la scène du théâtre de l'Archevêché, soit dans le patio, rafraîchi par l'eau claire d'une fontaine, de l'hôtel Maynier d'Oppède. Rien n'était plus drôle, insolite et éloquent que de passer, en une heure de route, de la geste théâtrale à l'art lyrique, de la fièvre avignonnaise, et son spectacle permanent, et ses meetings politiques, et son débraillé bohème, et ses provocations circassiennes, et ses fanfares de cigales, à l'extrême raffinement aixois, avec ses placettes désertes à l'heure de la sieste, ses façades bourgeoises aux volets clos derrière lesquels soupiraient des violoncelles et gazouillaient des flûtes, ses ruelles étroites soudain envahies, à la tombée du jour, par les robes longues et les smokings des festivaliers, pour la plupart anglo-saxons. Dans la Cité des papes, les critiques de théâtre se castagnaient devant un public sanguin et interventionniste ; dans la ville de Cézanne, les chroniqueurs lyriques se battaient à fleuret moucheté devant des spectateurs élégants et assagis. Ici, le barouf ; là, le conclave.

En 1990, William Christie, le prince du baroque et roi des Arts Florissants, y dirigeait *Les Indes galantes*. Sur la scène où, chaque soir, Alfredo Arias mettait en scène l'exotique opéra-ballet de Rameau, j'enregistrais, le matin, *Le Masque et la Plume*. Il faisait très chaud. Le public grillait sous le soleil, il aurait suffi d'y ajouter du thym et du laurier pour le consommer. Alors que les critiques commençaient à ironiser sur le chef d'orchestre, son intégrisme musical et son goût d'antiquaire pour les instruments anciens, je vis à contre-jour une ombre haute descendre très lentement les gradins de l'Archevêché. On eût dit la statue du Commandeur en mouvement. Quand elle parvint au milieu des escaliers, je reconnus William Christie, dont le déhanchement protocolaire ajoutait au physique sévère et au visage pincé. Les cloches d'Aix sonnaient midi. L'air caniculaire était irrespirable. À leur tour, les quatre critiques aperçurent leur victime du jour, l'objet vivant et menaçant de leur courroux. Tandis que William Christie continuait, imperturbable, sa progression, marche après marche, vers la fosse, la tribune, comme saisie d'effroi, retourna sa veste et trouva soudain au chef du génie et à sa baguette, de la magie. Parvenu enfin au pied de la scène – la descente de l'Olympe avait bien duré dix minutes –, le patron des Arts Florissants était devenu une manière de dieu. Je tentai au micro un maladroit : « Je vois que M. William Christie est parmi nous, peut-être souhaite-t-il s'exprimer sur sa direction des *Indes galantes* ? » Il m'opposa un silence hautain doublé d'un imperceptible sourire, pivota devant la fosse d'orchestre sans orchestre et, d'un pas cardinalice, sortit du théâtre de l'Archevêché sans se retourner, sous les applaudissements du public.

Au *Masque*, je le compris ce jour-là, les souris dansent d'autant mieux et joyeusement que le chat n'est pas là.

*

Je me souviens que Maurice Pialat, un an après être venu recevoir au studio Charles-Trenet le prix des Auditeurs du *Masque et la Plume* pour son *Van Gogh*, m'avait demandé à y revenir, à la fin du mois glacial de février 1993. Les auditeurs avaient en effet décerné leurs suffrages aux *Nuits fauves*. Or, Cyril Collard ne pouvait déjà plus se déplacer. Malade du sida, il allait mourir, le 5 mars, à l'âge de trente-cinq ans. Pialat voulait que, dans sa chambre d'hôpital, Cyril Collard pût écouter à la radio, avant de s'éteindre, l'hommage que le cinéaste comptait rendre à celui qui fut son assistant et même, dans *À nos amours*, l'un de ses figurants. Mais je ne m'attendais pas à ce que, très ému, la voix tremblée et la main tendue, en somme méconnaissable, Pialat exprimât si clairement sa gratitude au jeune réalisateur des *Nuits fauves*. À l'en croire, il n'était pour rien dans certaines scènes de *Loulou*, de *À nos amours*, ou de *Police*. C'était Cyril seul qui les avait tournées. Maurice, lui, pouvait allait se reposer, se promener, boire un café pendant ce temps-là. Il était tranquille, il savait sa caméra en de bonnes mains : « Si j'étais parti définitivement du plateau, c'est Cyril, je le sais, qui aurait terminé mon film. Et fort bien. » La confiance de l'aîné à l'égard de son cadet était sans limites. Ce soir-là, le maître n'était pas venu recevoir le trophée de son élève devant le public, soudain silencieux, du *Masque et la Plume*, il était venu, en direct, dire merci à celui qu'il tenait désormais pour son égal et son bienfaiteur : « *Les Nuits fauves* est d'une humanité et d'une maturité extraordinaires. Je tiens que ce film est mieux fait que *À nos amours*. Et puis, je lui dois en plus d'avoir rencontré ma femme. Cyril n'a pas *seulement* été un assistant hors pair, un cinéaste qui faisait ses films avant de les réaliser, il a été aussi le bon Samaritain. »

Le lundi matin, Claude Davy, qui était l'ami et l'attaché de presse des deux cinéastes, me téléphona pour me dire que, depuis son lit d'hôpital, Cyril Collard avait écouté Maurice Pialat, et qu'il avait souri, et qu'il avait pleuré, et qu'il s'était endormi.

★

Je me souviens que l'incollable, frétillant, colérique et fleur bleue Jacques Siclier, du *Monde* et de *Télérama*, qui adorait croiser le fer avec Michel Ciment (à la fin d'un enregistrement, il s'était même saisi de son parapluie pour aller donner des coups au patron de *Positif*, et j'avais dû m'interposer pour séparer les duellistes), m'avait donné, lors d'un déjeuner, les raisons de son adieu au *Masque* : « Tu comprends, j'en ai ras le bol d'aller voir des films en salle. Ils sont tous plus mauvais les uns que les autres. Je m'y ennuie, si tu savais comme je m'y ennuie. Et, à quatre-vingts ans, je n'ai plus l'âge de me forcer à bouffer de la merde. Alors, voilà, j'arrête. Je regretterai la famille du *Masque*, mais pas l'actualité du cinéma. »

Quelques mois plus tard, je l'avais invité au restaurant pour tenter, sans trop d'espoir, de le faire revenir. Il avait rigolé et m'avait expliqué qu'il ne sortait plus de chez lui. Les rideaux de son appartement de l'avenue Secrétan (XIXe) étaient tirés dans la journée et celui dont le goût cinématographique s'était formé, à l'adolescence, sous l'Occupation, regardait, en cassette et en boucle, des films en noir et blanc de Clouzot, Carné ou Clair. « C'est ainsi, vois-tu, que je suis heureux : en oubliant le temps devant les images d'un cinéma révolu. » Il était devenu le séquestré volontaire du septième art.

*

Je me souviens de la faculté qu'avait Bernard Thomas, « du *Canard enchaîné* et de sa Bretagne natale », critique dramatique au physique de cap-hornier et au verbe de patron pêcheur, de me brouiller avec toutes les corporations : les militaires, les curés et les patrons, qu'il trouvait toujours le moyen de vitupérer, fût-ce sur le dos de Feydeau, de Labiche ou d'Anouilh ; les garçons de bain, dont il fustigeait les plaisanteries à propos de je ne sais plus quelle pièce, et dont le syndicat m'avait adressé une lettre de remontrance en retour et en recommandé ; les bouchers, auxquels il avait comparé des tyrans de l'Europe de l'Est ; ou encore les cadres d'entreprise réunis chaque jour au Palais des Congrès de la porte Maillot. Au prétexte qu'on y donnait, en 2004, un spectacle musical ni fait ni à faire de Robert Hossein, *On achève bien les chevaux*, que la tribune avait d'ailleurs unanimement achevé, Bernard était parti dans une longue diatribe contre l'architecture mussolinienne de ce monument dévolu aux « assemblées fascistes ». Aussitôt, la direction du Palais des Congrès avait exigé que le coupable lui présentât ses excuses à l'antenne. Ce dont, en pouffant, l'ami Bernard s'était acquitté dans l'émission suivante.

*

Je me souviens du caniculaire été 2003, à Avignon, où le festival n'eut pas lieu. La grève des intermittents du spectacle commanda en effet à son directeur, Bernard Faivre d'Arcier, d'annuler, le 10 juillet, les cinquante spectacles prévus. Parmi lesquels *Loungta, les chevaux de vent*, que Bartabas devait présenter dans la grande halle du Parc des expositions, sous laquelle il avait planté son chapiteau. Sous les huées et les insultes des syndiqués, le chef de la tribu Zingaro se désolidarisa du mouvement au motif qu'« un artiste n'est pas un ouvrier du divertissement qui compte ses heures, il se consume au feu de sa passion ». Les enregistrements publics du *Masque et la Plume* ayant été également supprimés, je trouvai refuge, près de la place de l'Horloge, au Conservatoire de musique, dans un petit studio surchauffé où j'improvisai en urgence et en huis clos une émission improbable avec, entouré par les habituels critiques de théâtre, Bartabas en personne. Il expliqua sa position séditieuse, justifia ses rebuffades de saltimbanque qui avait toujours créé sans l'aide des pouvoirs publics. Il parla de son rêve brisé, de ses trente chevaux qui brûlaient là-haut, dans la fournaise de Châteaublanc, de la tristesse des moines tibétains de Gyuto qui ne pourraient pas jouer leur musique céleste, et des vingt-deux mille spectateurs qui avaient acheté leurs places en juin, auxquels il devait opposer, à contrecœur, une porte close. Et puis, soudain, il pleura. Je n'oublierai jamais les larmes de l'écuyer empêché, la voix étranglée du fier-à-bras, le chagrin du franc-tireur, la détresse enfantine de Bartabas le Furieux, mon fraternel ami.

*

Je me souviens du jour où, dans la campagne normande et son beau tablier blanc, le maître pâtissier Michel Gibourdel, qui écoutait rituellement l'émission en préparant ses pâtes brisées, ses feuillantines et ses coulis, m'annonça qu'il venait d'inventer un gâteau baptisé « Le Masque et la Plume ». Mais il voulait au préalable qu'il me plût. De sa voiture, il sortit alors un carton contenant la merveille, composée d'amandes, d'une pâte à macaron et d'une crème au chocolat blanc parfumée à l'anis. Je goûtai et fondis. La semaine suivante, j'allai dans sa pâtisserie de Trouville-sur-Mer chercher un « Masque et la Plume », taille XXL, que je rapportai à Paris pour le partager, en direct, au studio Charles-Trenet, avec tous les critiques qui, ce soir-là, parlèrent la bouche pleine. Depuis, il paraît que, de tous les coins de la France, des fidèles de France Inter se rendent, comme en pèlerinage, dans la boutique dont a hérité son fils Laurent, également doué et inspiré, pour acheter ce dessert onctueux qui porte le nom d'une émission belliqueuse.

Michel s'est éteint en juillet 2015. Dans la petite église de Trouville où on lui a dit adieu, le prêtre a rappelé qu'il avait « beaucoup donné aux autres ». Il avait aussi beaucoup gâté les auditeurs du *Masque*.

★

Je me souviens de la terrasse ombragée d'un café de La Garde-Freinet (Var), haut lieu bastidien s'il en est, où nous partagions un petit-déjeuner, au cœur de l'été, avec Eugène Saccomano et où, de sa voix chantante, moins tintamarresque que d'ordinaire, il me fit cette confidence. Au début des années 2000, dans la ferveur pour le foot que la Coupe du monde gagnée par la France venait de décupler, ce fou de Céline et de Blondin cherchait à inventer, sur RTL, un nouveau concept d'émission sur ce sport populaire devenu tendance. Il voulait, me dit-il, « plus d'humour, de mauvaise foi, de théâtralisation, moins de sérieux, d'eau tiède et de paroles d'expert ». Supporter des Bleus et du *Masque et la Plume*, dont il ne manquait pas un numéro, il eut alors l'idée d'en transposer le principe sur le gazon des stades, d'y remplacer les films par des matchs et de convier, pour les « critiquer sans langue de bois », des journalistes de la presse écrite, tous réunis autour d'un modérateur dont, évidemment, la modération ne devait pas être la première vertu. C'est ainsi que naquit, en 2001, *On refait le match*. Dans ce *Masque et la Plume* du ballon rond, Eugène Saccomano s'évertuait à réveiller, entre les chroniqueurs de *L'Équipe* et de *France Football*, les pugilats que j'orchestrais de mon côté entre *Positif* et *Les Cahiers du cinéma*. « Mon seul regret, ajouta Eugène, c'est de ne pas avoir enregistré, comme toi, devant un public. La ressemblance aurait été alors criante. On aurait même pu échanger de temps en temps nos critiques, n'est-ce pas ? »

★

Je me souviens du jour où Ali Rebeihi m'avait fait venir à l'école de journalisme parisienne où il était alors étudiant. À la fin de mon intervention, il était venu me voir pour me dire pourquoi et comment *Le Masque et la Plume* avait déterminé sa vocation. Né en 1973, il avait grandi dans une cité de Toulouse et les fumées ocre de la tristement célèbre usine AZF. Fils d'une femme de ménage dans une école, divorcée d'un chauffeur routier, tous deux d'origine algérienne, aîné d'une fratrie de cinq, partant dans la vie « avec des sacs de vingt kilos aux pieds », il avait découvert l'émission au début des années quatre-vingt-dix, s'y était attaché – surtout quand le cinéma était au programme –, et avait eu la bonne idée, devenue très vite un rituel, d'aller ensuite en bibliothèque pour lire les journaux et les revues, du *Monde* à *Positif*, du *Nouvel Obs* aux *Cahiers*, où écrivaient les chroniqueurs du *Masque*. La radio, cette université sauvage, ne l'avait pas seulement amené à la presse écrite, elle avait aussi forgé son destin : il serait journaliste. Il l'est devenu. À la télévision, mais surtout sur France Inter et France Culture. Aujourd'hui, lorsque je l'écoute présenter passionnément, sur notre même chaîne, *Pop Fiction* ou *Ça va pas la tête*, des émissions où il entend « parler avec profondeur de culture populaire et avec légèreté de culture académique », où il s'oblige à son tour à être un « transmetteur », je ne peux m'empêcher de penser à l'adolescent toulousain qui, le dimanche soir, écoutait Jacques Siclier, Philippe Collin, Odile Grand, Serge Toubiana, Michel Ciment s'empoigner à propos des *Affranchis*, d'*Edward aux mains d'argent*, du *Silence des agneaux* ou de *Reservoir Dogs* et se demandait déjà quand et de quelle manière, un jour, il leur donnerait la réplique.

⋆

Je me souvenais bien que, dans son cinglant, coupant et coruscant *Journal*, où il mit tout le talent de portraitiste qu'il refusait de donner aux livres – car il préférait en rendre compte que d'en écrire – et toute la perfidie qui le dédommageait de n'être qu'un critique, Matthieu Galey avait raconté la mémorable intervention, dans l'émission, de l'auteur du *Paysan de Paris* et des *Communistes*. J'ai retrouvé la page, datée du 29 novembre 1963. Un morceau d'anthologie. L'animateur, son illustre invité et jusqu'au public sénescent ont droit à un coup de griffe.

« Au *Masque et la Plume* : Aragon. Il est venu réciter des passages de son prochain livre, *Le Fou d'Elsa*. Beau, avec le profil net, les cheveux bien blancs ; le complet croisé bleu sombre ; un PDG. Il dit quelques mots : précieux, un tantinet poseur. Puis il s'installe et se met à déclamer – oui, déclamer ! – pire que Malraux (mais plus Comédie-Française), enflant la voix au rythme des vers, victorhuguesque, ridicule. Les vieilles dames un peu réticentes – un communiste ! – ne tardent pas à se pâmer, reconnaissant un des leurs : un poète du XIXe. Evtouchenko lui a tourné la tête… Kanters chuchote : “On se croirait chez Mme de Bargeton !” Seule dans une loge, Elsa, l'œil mi-clos, hume cet encens. Tandis que Bastide, bras croisés, tête basse, adopte l'attitude d'un croyant à l'élévation. Cabotin ou sincère ? »

*

Et je me souviens des « Je me souviens » de la chère Martine de Rabaudy, qui fut l'assistante du *Masque* de 1978 à 2002, et successivement la bonne fée de François-Régis Bastide, de Pierre Bouteiller et de moi-même. Avant de partir vivre à La Garde-Freinet, pour y écrire *Électrochocs* dans la maison en pierres sèches de l'auteur des *Adieux*, elle voulut bien se souvenir du pull-over rouge bordeaux de Jean-Louis Bory, du visage rouge sang de Gilles Sandier lorsqu'un critique de théâtre se risquait devant lui à faire l'éloge d'Anouilh, de Pierre Bouteiller ordonnant à Jean-Jacques Brochier de ne pas fumer ses Gitanes pendant l'émission, de Matthieu Galey lui annonçant qu'il ne viendrait plus au *Masque* parce que la maladie avait donné à sa voix le son d'un transistor aux piles usées et de Françoise Xenakis recommandant à François-Régis Bastide d'inviter à la tribune un critique littéraire de vingt-deux ans, un certain Jérôme Garcin…

Et te souviens-tu, Martine, du jour où, après avoir enregistré deux émissions au Festival d'Aix-en-Provence, nous avons repris notre voiture de location dont le coffre avait été entièrement vidé, pendant qu'on travaillait, par des voleurs à la tire ? Plus de valises, plus d'affaires, et surtout plus de livres pour le long voyage en train du retour. Ce n'est pas d'avoir perdu nos vêtements, c'est de n'avoir plus rien à lire qui nous donna l'impression, sur le quai de la gare, d'être vraiment nus comme des vers.

Justice (Action en)

« Cher Monsieur Masque, chère Madame Plume,

Je vous aime bien et c'est pourquoi je suis navrée de devoir attenter contre vous une action en justice. Mais le moyen de faire autrement ? Voilà la chose. Je suis mère. Et une bonne mère cela va sans dire. Réginepernoudisée depuis toujours, j'ai très bien élevé mes enfants. Un régime à base de vacherin, d'huîtres de Cancale et de *Masque et la Plume*. Depuis quelques années, et grâce notamment aux progrès de la technologie qui font que nous pouvons même écouter *Le Masque* en dehors du dimanche soir, nous avons considérablement augmenté nos doses, car nous ne nous contentons pas de rattraper une éventuelle absence dominicale, non, nous réécoutons en boucle les vieux *Masque*, car le vieux *Masque* c'est comme le vieil horoscope, c'est encore meilleur un an après. Et puis soudain, une révélation : alors que le dernier de mes enfants venait de me lire le premier chapitre de son premier roman pendant que je cherchais des perles dans mes huîtres, il m'apparut dans un éclair que l'aînée suivait depuis un an des cours en cinéma et que le second venait de m'arracher les écus nécessaires au paiement de sa semaine de colonie culturelle au Festival d'Avignon… C'est vous, Monsieur, vous et vos sbires qui ont empoisonné la chair de ma chair, chair que je rêvais tranquillement banquière, trader d'option binaire ou chirurgienne esthétique, autrement dit de quoi renouveler mon stock de mollusques et de crèmerie pour mes vieux jours. Et au lieu de cela mes petits vont être saltimbanque, réalisateur obscur et poète maudit !

Monsieur Masque, Madame Plume, c'est donc contrainte et contrite que je vous mets dans l'obligation de venir rendre compte de cet empoisonnement moral devant les robes noires de la justice, ou alors de signer, dès aujourd'hui, une promesse de critique fabuleusement élogieuse pour les futurs chefs-d'œuvre de mes petits. Marie, mère de tous ses enfants.

Marie Degois »

K-O

Avec les acteurs Pierre Arditi et Daniel Mesguich, les cinéastes Jean-Paul Rappeneau, Pierre Jolivet, Claude Chabrol, et l'écrivain Philippe Sollers, Michel Onfray faisait partie des victimes occasionnelles auxquelles j'avais proposé, pour fêter le jubilé du *Masque et la Plume* en novembre 2005 et pour ne pas tomber dans l'autocommémoration, de venir répondre, en direct et en public depuis le studio Charles-Trenet, à leurs détracteurs. (Peu de temps auparavant, j'avais déjà convié Patrice Leconte à la tribune pour qu'il s'explique et justifie sa violente attaque contre les critiques, « ces assassins qui tuent le cinéma français ».) L'auteur du *Traité d'athéologie* m'avait donné son accord et puis il s'était désisté quelques jours avant l'enregistrement, arguant que le principe de cette émission spéciale, qui s'apparentait selon lui à « une juridiction d'exception », aurait changé au dernier moment : « Au départ, nous devions être à la tribune et les critiques assis dans le public.

Quand Jérôme Garcin m'a annoncé que nous serions côte à côte, j'ai refusé. Je n'ai pas envie de débattre frontalement avec Jean-Louis Ezine et Michel Crépu qui s'acharnent sur moi parce que je vends des livres. » En revanche, Philippe Sollers était venu, tel qu'en lui-même la légende le fige, narquois, désabusé et cinglant à la fois : « Je n'ai peur de rien, car tout cela est un jeu. » Bien vu. Pierre Arditi et Daniel Mesguich, très remontés, avaient traité ce soir-là les critiques de théâtre, qui en rirent jaune, d'« incompétents », d'« ignares », de chantres de « la décadence » et de « méchantes personnes ». Le premier, s'adressant à Armelle Héliot, Jacques Nerson et Vincent Josse : « L'invective, le crachat, non, c'est trop. Qu'est-ce que j'ai fait pour mériter ça ? On n'a pas couché avec les Allemands, que je sache. » Et le second, aux mêmes : « Vos répliques ne volent pas plus haut que du café-théâtre. Vous vous improvisez juges, mais je ne voudrais pas de vous comme troisièmes assistants stagiaires ! » Les deux pensaient, avec Jerome K. Jerome, mais sans son humour, que, « pour faire leurs mauvais coups, les critiques dramatiques ne sortent qu'après la tombée de la nuit ». Même Michel Polac, que j'avais invité ce soir-là pour se souvenir de la création du *Masque*, remisa sa nostalgie et coiffa sa casquette d'écrivain pour reprocher à Jean-Louis Ezine, qui n'avait guère apprécié son *Journal* ni sa correspondance avec Clément Rosset, « de ne pas lire les ouvrages au programme et de toujours se faire mousser sur le dos des auteurs ». Ainsi, pendant deux heures, les tirs fusèrent dans une ambiance très électrique. Heureusement, Claude Chabrol eut le mot de la fin : « J'aime quand la plume gratte le masque. J'ai toujours pensé, en vous écoutant, que plus on s'engueule, plus on est près de la vérité. »

Je rêvais d'un anniversaire à la fois équitable et musclé, je l'avais eu. Pour fêter ses cinquante ans, l'émission était vraiment ressemblante. Le matin même, les journaux avaient d'ailleurs titré : « Cinquante ans de prises de bec », « Cinquante ans à voler dans les plumes », « Cinquante ans de plumes sans masque », « Les riches heurts du *Masque* », « Un long fleuve intranquille », « Un demi-siècle d'impertinence » ou encore « Le Masque de fer ».

Lettre (Une)

Il eût fallu être archiviste et avoir la vie devant soi pour pouvoir entreposer, classer et analyser les centaines de milliers de lettres, de cartes postales, de mails, adressés quotidiennement au *Masque et la Plume*. La seule trace lisible, audible, de ces messages est la poignée d'entre eux dont, depuis un quart de siècle, je lis de trop brefs extraits en préambule. Le reste, une montagne de papier, disparaît semaine après semaine dans la corbeille. Quel gâchis. Quelle perte aussi, pour les sociologues de la radio, les historiens de l'émission, les anthropologues de la France culturelle.

J'ai seulement conservé, comme des talismans, quelques lettres. L'une d'entre elles m'a bouleversé. Je la relis souvent. Si, devant un tribunal, il me fallait un jour donner une raison d'être au *Masque et la Plume*, ce témoignage y suffirait, ô combien.

Envoyé le 5 janvier 2006 à la Maison de la Radio depuis le bureau de poste de L'Haÿ-les-

Roses (94), ce courrier était signé Jean-Paul Siegel. Le voici.

« Cher Monsieur,

Je vous écris ces quelques lignes destinées à vous remercier pour votre émission et ses effets bienfaisants.

Le 1er janvier au soir, avec mon fils Jean-Baptiste, âgé de 21 ans, et à sa demande expresse, nous avons écouté, comme nous le faisons depuis de très nombreuses années déjà, *Le Masque et la Plume* consacré, ce soir-là, à la littérature. Certes, eu égard à sa passion pour le cinéma, mon fils eût préféré une émission dédiée à celui-ci même si, le plus souvent, vos invités l'irritaient par ce qu'il qualifiait de "snobisme", d'"anti-américanisme primaire" et de "propension au cinématographiquement correct".

À la fin de l'émission, Jean-Baptiste m'a fait comprendre qu'il souhaitait que je lui achète *Bleu de chauffe*, de Nan Aurousseau, ouvrage dont vos critiques avaient dit le plus grand bien. J'avoue avoir été profondément surpris par ses propos, non pas tant en raison de la demande formulée – l'ouvrage me paraissait parfaitement correspondre aux goûts de mon fils – que du doute que j'éprouvais sur la réalité de son écoute et ce, en raison de l'état d'extrême souffrance et de total épuisement dans lequel il était plongé et qui avait conduit à sa réhospitalisation, la veille, pour la cinquième fois en moins de trois mois, à l'hôpital Paul-Brousse, où il était traité depuis bientôt deux ans.

Alors qu'il ne pouvait plus s'alimenter ni boire, alors qu'il parlait avec les plus grandes difficultés, les vertus dispensées au fil des ans par *Le Masque et la Plume* lui ont permis de mobiliser, une dernière fois, son énergie. Moins de deux heures après, Jean-Baptiste sombrait dans le coma pour nous quitter définitivement le lendemain.

Merci de lui avoir donné ce dernier moment de plaisir. Continuez très longtemps votre émission. Avec ma gratitude et ma sincère considération.

Jean-Paul Siegel »

Livres (La bande des)

Crépu (Michel) : C'était il y a une quinzaine d'années. Ancien patron des pages littéraires de *La Croix*, Michel venait de quitter *L'Express*, où il avait fait un bref séjour, qui l'avait laissé insatisfait. Il cherchait du boulot et se demandait si au *Nouvel Obs*, par hasard, par chance… On ne se connaissait pas, ou si peu. J'avais admiré son *Tombeau de Bossuet*, sans chercher alors à en rencontrer l'auteur. On avait pris un café place de la Bourse. Le bonhomme m'avait tout de suite séduit. Il détonnait par sa placide excentricité. Emmitouflé dans des laines et des velours d'un autre temps, il m'évoquait à la fois Sainte-Beuve, Martin du Gard, Charles Du Bos et, sous sa tignasse frisée, un savant fou, de vieilles campagnes catholiques, des chants grégoriens, des livres non massicotés d'où tombe, quand on les ouvre avec un coupe-papier, une neige de fines pelures. Ce matin-là, je lui avais fait comprendre qu'à *L'Obs*, il n'y avait malheureusement pas de place vacante. « Mais *Le Masque*, avais-je aussitôt ajouté, ça vous tenterait ? » Il m'avait regardé drôlement, avec cette mine stupéfaite du chanoine de Saint-Sulpice à qui on proposerait de devenir DJ aux Caves du Roy. J'avais mon idée en tête : lui donner, dans mon petit cabaret littéraire, le rôle de l'érudit désabusé afin de l'opposer au jeune rocker Arnaud Viviant. Il accepta. Très vite, il imposa son personnage décalé, hors tendance, qui fait mon bonheur.

Ce Droopy lettré, moitié ours de bibliothèque, moitié prélat palatin, arrive toujours à la tribune sans la moindre note, y distribue quelques éloges, davantage de sanctions, et une poignée d'apophtegmes, affiche en public son allergie aux idées reçues et son souci d'être différent, imprévisible – il est capable, dans la même émission, de s'enflammer pour un roman de la navigatrice Isabelle Autissier et la correspondance de Samuel Beckett, d'en pincer à la fois pour Beigbeder et pour Zweig. D'avoir successivement présidé aux destinées de la respectable *Revue des Deux Mondes* et de l'honorable *Nouvelle Revue française* ajoute à la prestance faussement sénatoriale de l'ermite du Gâtinais, où les poèmes de Jaccottet l'accompagnent. Évidemment, il ne faut pas s'y fier. Relire *Un jour*, ce bref récit où, loin du *Masque*, Michel montre son vrai visage : celui d'un enfant d'Étampes, fils d'un centriste chrétien, qui cherche en même temps la compagnie de Chateaubriand et des Rolling Stones, et dont les fous rires dissimulent parfois de secrets chagrins.

Ezine (Jean-Louis) : Nous nous sommes rencontrés aux *Nouvelles littéraires*, à la fin des années soixante-dix, retrouvés à *L'Obs*, au milieu des années quatre-vingt-dix, et avons arpenté les mêmes chemins bocagers du pays d'Auge, où il est né en 1948, où je me suis installé au début des années quatre-vingt-dix. On se comprend et complote comme deux frères alors que tout, en apparence, nous oppose, lui le bâtard à l'enfance douloureuse et pauvre, moi le jumeau amputé de son double, mais follement aimé par des parents lettrés, artistes et bourgeois. Mystérieux et si attachant Jean-Louis, le plus bavard des silencieux, le plus joyeux des malheureux, le plus consciencieux des paresseux, le solitaire prolongé par le vélo et le violoncelle, l'éternel fuyard. Longtemps, je l'ai connu sans le connaître, j'ai maugréé contre son talent dilapidé – c'est, dans le journalisme littéraire, l'une des plus belles proses –, applaudi la qualité de ses entretiens parfois imaginaires avec de grands écrivains, regretté la rareté de ses beaux livres inactuels, pesté contre ses retards de copie, dont il s'ingéniait à différer la remise en arguant d'invraisemblables accidents domestiques, automobiles, voire agricoles (une vache pie, un matin, lui aurait dérobé, sur le rebord de sa cuisine de Seine-et-Marne, son article fin prêt et l'aurait avalé). Jusqu'à ce jour de 2009, où il a enfin publié *Les Taiseux*. Tout ce qu'il nous avait caché, enfin il le révélait.

Son nom n'était pas son nom. Jean-Louis s'appelait Bunel (ainsi avait-il baptisé le jeune héros de son roman, *Un ténébreux*). Ezine, c'est le patronyme d'un homme qu'il a haï et auquel, pendant dix-sept ans, il a refusé d'adresser la parole – de même qu'il n'osait pas, chez le boulanger, demander « un bâtard ». Il a attendu d'avoir passé le cap des soixante ans pour partir, entre Lisieux, Houlgate et Cabourg, à la recherche de son vrai père aux yeux bleus, Robert Demaine, qu'il n'a abordé qu'une fois dans la rue et dont, pour se dédommager d'avoir tant souffert, il a rêvé la vie bien au-delà du raisonnable. Depuis, Jean-Louis court des marathons afin d'échapper à la honte d'être « né d'une ombre » et, comme on emmène ses regrets au concert ou qu'on fatigue sa lassitude en joggant, il vient au *Masque* pour distraire son chagrin.

Il s'y est inventé un personnage désormais entré dans la légende de l'émission : celui du critique qui, par crainte d'être influencé, ne lit pas les ouvrages que j'ai inscrits au programme et se contente de jeter un coup d'œil sur la première page et la quatrième de couverture. Au compte rendu, Jean-Louis-de-Pontault-Combault-et-du-Pays-d'Auge, qui se flatte d'avoir fait ses débuts dans la presse, en 1970, à la rédaction parisienne de *Pif Gadget*, substitue de méandreuses digressions, d'hilarantes citations, des jeux de mots en rafale, et de savoureux souvenirs dont on ne sait jamais s'ils sont authentiques ou fabulés. Sans compter d'éloquentes considérations sur la struthiophagie, sur le *Dasein* du chou-fleur, sur la 2 CV, conçue exclusivement pour « le transport des courants d'air », sur les vainqueurs de son cher Tour de France, entre 1952 et 1958, et sur l'infidélité du concombre rampant, qu'Octave Mirbeau appelait « concombre fugitif », dont la manie est de filer chez le voisin, tel un animal indocile, si par mégarde on ne l'attache pas.

Cela fait des années que Jean-Louis me menace de prendre sa retraite et me propose de l'y accompagner. « Nous devrions, m'écrivit-il ainsi dans un courriel de novembre 2005, relancer et animer de concert l'hebdomadaire *Pays d'Auge Tribune*, dont les bureaux, je m'en souviens, étaient à Pont-l'Évêque, dans une rue parallèle à la voie ferrée, près du pont. Il donnait les horaires des trains et le cours du beurre, plus quelques crimes passionnels (un peu comme au *Masque*). Il y avait aussi les accidents d'alambic ; ça explosait, ces engins-là. En y ajoutant un peu de littérature, on serait lu sur toute la côte ! Réfléchis bien.

Je t'embrasse.

Jean-Louis »

Kaprièlian (Nelly) : Elle est à la fois des *Inrocks* et de *Vogue*, tendance et classique, naturelle et sophistiquée, guerrière et désinvolte. On croit la connaître, elle s'esbigne. On l'imagine à Paris, elle est à New York. Nelly est un mystère. Au *Masque*, elle a choisi l'emploi de la procureuse, de l'exécuteuse, de celle à qui on ne la fait pas. Elle n'épargne ni les auteurs ni ses consœurs et confrères de la tribune surtout si, par mégarde, il leur vient la fâcheuse idée de s'en prendre à Jean-Jacques Schuhl ou Michel Houellebecq, ses idoles, ses modèles. Elle s'applique très bien à feindre d'être rosse, elle qui l'est si peu, en vérité. Oui, Nelly est un mystère, doublé d'un sacerdoce. Longtemps, elle s'est vantée d'être une critique pure et dure, de ne pas écrire de livres – comme si c'était se compromettre et se vendre –, de ne pas se dévoiler, de ne pas donner prise à ses détracteurs. Et puis, elle a fini par craquer. En 2014, elle a enlevé le masque et pris la plume, elle a publié son premier roman, *Le Manteau de Greta Garbo*. Page 172, Nelly l'Arménienne, qui arbore le « teint d'albâtre » de son arrière-grand-mère, livrait son secret : « Je ne possédais rien, rien d'autre qu'un sac Chanel et des vêtements. Je venais d'un peuple qui avait été dépossédé : de ses corps, de ses terres, enfin, de sa parole puisqu'un siècle plus tard, il se trouvait encore dépossédé de son génocide par la Turquie négationniste. Je vivais dans mon appartement comme dans une roulotte, sans les signes du confort de ceux qu'on dit "installés", comme si cela ne servirait à rien puisque je pouvais disparaître à tout instant, puisque tout pouvait basculer du jour au lendemain. » Plus tôt, dans le même livre où l'histoire du massacre des Arméniens se mêle de manière saisissante à l'exposition des malles Vuitton, des sacs Gucci, des tailleurs Givenchy et des robes Christian Dior de « la Divine », elle écrit des hommes : « Ils voulaient le masque. Ils m'aimaient masquée. Et je leur en voulais pour cela... »

Lamberterie (Olivia de) : Les années passent, *Le Masque* n'en finit pas de se perpétuer, la production littéraire ne cesse d'enfler, et la belle Olivia reste la même. Pas l'ombre, sur son visage botticellien, de la moindre fatigue, aucun signe, dans ses propos, d'une quelconque asthénie. C'est, dans ce métier où le ras-le-bol s'accomplit souvent dans le je-m'en-foutisme, la seule critique à laisser croire que la lecture n'est jamais pour elle un travail, mais seulement un plaisir et même un raffinement. (Elle consacra son mémoire de maîtrise à Pierre Jean Jouve, Michel Crépu à Samuel Beckett, Arnaud Viviant à Alain Robbe-Grillet et Umberto Eco sous le titre : « Lecture du roman policier, roman policier de la lecture », et moi-même à Søren Kierkegaard : somme toute, on pourrait faire un portrait de groupe assez fidèle à partir de nos travaux d'étudiants appliqués.) Olivia, cette fille de la mer, qui aime naviguer sur des océans lointains et a rejoint le port du *Masque* en 2002, est une insatiable gourmande d'aventures et d'épopées. Lorsqu'elle veut faire partager sa passion pour une romancière anglaise, une biographie de Karen Blixen ou les Mémoires cannois de Gilles Jacob, son éternel chevalier servant, elle m'évoque la légendaire réclame « Dévorez des livres », où l'on voyait Gérard Philipe déchiqueter, avec ses jolies dents blanches, des paquets de pages imprimées. Elle promet toujours d'écrire un jour, à son tour. Mais elle suspend le temps et l'hypothèse, trop occupée qu'elle est à vivre par procuration dans les livres des autres, et à exprimer sa passion dans *Elle*, sur le plateau de *Télématin*, en compagnie du Pontépiscopien William Leymergie, et bien sûr à la tribune du *Masque*, où elle s'est adjoint un allié fantomatique. Il s'agit de son époux, l'élégant Jean-Marc Piaton, abusivement appelé par moi M. de Lamberterie (car c'est son nom de jeune fille), qu'Olivia convoque lorsqu'elle veut apporter la preuve qu'un bouquin est illisible : « Je l'ai testé sur mon mari, il n'a pas réussi à dépasser la page 80... » Pour toutes ses prestations en faveur de la lecture, elle a reçu, en 2014, le prix Hennessy du journalisme littéraire. Elle était heureuse, parce qu'on lui a remis une bouteille de très vieux cognac, qu'elle a ouverte en disant que, décidément, lire, c'est mieux vivre et que les deux ivresses, ma foi, vont très bien ensemble.

Martin (Patricia) : Au printemps de 1994, après treize ans de silence littéraire et deux ans avant sa mort, François-Régis Bastide, qui revenait de ses ambassades danoise et autrichienne, publia *L'Homme au désir d'amour lointain*, à la fois roman autobiographique et testament amoureux. Il y célébrait, dans le royaume imaginaire de

Villanovie, la liaison passionnelle entre l'ambassadeur de France et Sa Majesté la reine Regina Ilma, une beauté brune de vingt-cinq ans sa cadette. J'inscrivis le livre au programme de cette émission qu'il avait, pendant un quart de siècle, animée. Il l'écouta avec la fébrilité d'un écrivain débutant ; son long éloignement de Paris et son absence des librairies l'inclinaient en effet à penser qu'on l'avait oublié et qu'il avait dépassé, dans le roman moderne, la date de péremption. Il était touchant dans sa manière de guetter le moindre article le concernant, de vérifier jusque dans les grandes surfaces varoises la mise en place de sa fresque sentimentale, d'espérer une reconnaissance tardive. Vint le dimanche du *Masque*, où Patricia Martin fut lyrique. Elle n'avait pas aimé *L'Homme au désir d'amour lointain*, elle l'avait adoré. Elle en frémissait encore. À l'instant du générique-fin, Régis m'appela. Il voulait le numéro de téléphone de Patricia. Je sus ensuite qu'il l'avait aussitôt invitée à déjeuner pour lui souffler, avec reconnaissance, que seule une femme pouvait comprendre les romans d'amour. En guise de gratitude, il lui offrit un appareil photo. Les cadeaux ont toujours un sens.

L'année précédente, j'avais proposé à Patricia d'intégrer l'équipe littéraire du *Masque*, dérogeant alors au principe selon lequel il fallait, pour prétendre au titre, disposer d'une tribune dans la presse écrite. Mais, comme Régis, j'avais été d'abord charmé par sa voix – elle animait alors la tranche matinale quotidienne d'Inter – et ensuite ému par ses entretiens, enregistrés à Trouville, avec Marguerite Duras, qu'elle avait presque réussi à me rendre sympathique. Je savais que la littérature était sa passion (elle avait même présenté, avec Philippe Tesson, une émission littéraire à la télévision, et elle allait bientôt rejoindre le jury du prix Décembre). Au *Masque*, elle opta sans tergiverser pour le rôle, qui lui va si bien, de l'empathique. Patricia aime aimer et déteste détester. Cette native de Buenos Aires sourit aux livres comme on sourit à la vie. Généreuse, fleur bleue, drôle, volontiers coquine, elle ressemble à son pays d'adoption, l'Italie des lacs et de Stendhal. Au studio Charles-Trenet, où elle débarque avec des notes qu'elle ne lira pas, elle cesse d'être une professionnelle de la radio. On dirait même qu'elle y prolonge un peu ses vacances.

Raspiengeas (Jean-Claude) : Il n'est que de deux ans mon cadet (de Gascogne) et pourtant, je me sens beaucoup plus vieux que lui. C'est qu'il est resté, selon le mot de Mauriac, un adolescent d'autrefois, même s'il ne l'était déjà plus. On ne se défait jamais de nos premières rencontres, dont les images arrêtées nous font de l'œil. Au début des années quatre-vingt, j'étais journaliste aux *Nouvelles littéraires*, un hebdomadaire culturel qui était la propriété de Philippe Tesson et dont le tempétueux rédacteur en chef était Jean-François Kahn. Nos bureaux étaient situés rue Saint-Antoine, tout près de la place de la Bastille où nous avions fêté, bras dessus bras dessous avec un Louis Aragon échevelé, la victoire de la gauche et le sacre républicain de François Mitterrand. À cette époque, un garçon long et maigre était arrivé au journal pour intégrer le service radio-télé dont Maurice Achard avait la charge. L'impétrant eût préféré la rubrique littéraire, lui dont la sacoche était pleine de livres d'auteurs bordelais qu'il allait nous faire connaître – Jean Forton, Louis Emié, Raymond Guérin ou Michel Suffran –, mais il fallait bien commencer dans une rubrique où il y avait de la place. Jean-Claude avait vingt-cinq ans, il en paraissait à peine vingt. Un fort accent du Lot-et-Garonne ajoutait à sa juvénilité et le distinguait d'une rédaction à majorité parisienne. Il était touchant de timidité, d'opiniâtreté et surtout de droiture. Il avait ce physique moral qu'il a toujours gardé. Aujourd'hui comme hier, il persévère : pas de ventre, pas de compromis, pas d'abandon, pas de complaisance pour les vanités, peu de goût pour les futilités. Pas une once de cynisme ou de fatalisme. Au contraire : la croyance que le bien triomphe du mal et que le journalisme doit permettre à tous ceux qui n'en ont pas hérité d'accéder à la culture. Après *Les Nouvelles*, il est d'ailleurs entré à *Télérama*, où il a été grand reporter pendant près de vingt ans, avant de partir diriger le service culturel de *La*

Croix (car il se passionne autant pour le cinéma et le théâtre que la littérature). Les livres qu'il a signés le définissent très bien : *L'Esprit de résistance*, avec Serge Ravanel, *Je prends la liberté*, avec Monseigneur Gaillot, *La Haine antisémite*, avec Serge Moati, et une monographie du cinéaste de *Capitaine Conan*, Bertrand Tavernier.

Jean-Claude fait partie de ces critiques dont l'enfance a été bercée par l'écoute du *Masque* dans la DS paternelle, sur les routes viticoles du Sud-Ouest, où jaillissaient soudain, depuis les haut-parleurs ronds incrustés dans les portières, « le son de Paris, ses joutes intellectuelles, ses reparties spirituelles », mais aussi « les échos d'un monde qui ne nous était pas directement accessible, et qui, cependant, nous indiquait des échappées possibles ». Lorsque je l'invitai à entrer dans ce « club prestigieux et redoutable » (*sic*), c'est comme s'il passait de l'autre côté du miroir. Au début, il eut un trac fou. Sa bonne conscience, son inaptitude à tricher et son goût gascon du fleuret ne l'ont jamais vraiment dissipé. Car chaque émission, pour lui, est un enjeu capital. Il s'y prépare en affûtant sa lame. Le cœur battant, il adore en découdre avec ses confrères et ne craint pas de recevoir des coups. Même s'il est seul à défendre une opinion, il ne la lâchera jamais. La mauvaise foi, qui est la loi tacite et théâtrale de l'émission, lui est totalement étrangère. Jean-Claude de Bergerac.

Viviant (Arnaud) : Arnaud, l'auteur de *La Ville des grincements de dents*, d'*Ego surf* et de *Complètement mytho !*, n'est pas seulement un fin lettré, c'est aussi un politique rusé (il n'a pas créé pour rien la revue *Charles* sur le modèle de *George*). Pour lui, un livre, fût-ce un roman d'amour, est autant un style qu'un engagement. Il les juge en critique et en idéologue. Au *Masque*, où il actualise la tradition du débat gauche-droite, il tient à la fois de Saint-Just, de Savonarole et de Georges Kiejman. Sa rhétorique est implacable, ses démonstrations sont savantes. Il n'a aucun tabou. Il n'a peur de rien. Il ne ménage personne. Il ose tout. La cruauté, le jeu de mots assassin, le sous-entendu salace, le mauvais goût canaille. Sans nul doute l'un des meilleurs orateurs de la tribune. Parisien d'origine tourangelle, ancien de *Libé* et des *Inrocks*, le chantre du *Génie du communisme* incarne la version rock du Front de gauche, la face enjouée du houellebecquisme, la rencontre radiophonique de Guy Debord et de Michel Polac. *Le Masque*, qu'il appelle « l'alma mater de toutes les émissions critiques françaises », lui va comme un gant. De boxe. Il y défend les extrémistes de gauche contre les réactionnaires, demain contre hier, les sans-papiers contre les académiciens, « les fous et les idiots » contre les raisonnables et les raisonneurs. Il écrit ça dans *La Vie critique*, un roman où il met en scène très drôlement une séance du *Masque et la Plume*, où il me prête une carrière de comédien inaccomplie (« Il aurait pu interpréter à la perfection le rôle de l'amant de Lady Chatterley jusque dans les scènes les plus olé-olé de l'histoire »), me compare à « un lanceur de couteaux » et attribue à la seule « jouissance de la langue » mon refus de préenregistrer le générique-début et mon plaisir à claironner chaque semaine, sur fond de Mendelssohn, les cinq mots magiques : « Le Masque (respiration)... et la Plume ! » On voit par là qu'Arnaud ne participe pas seulement au *Masque*, il le fantasme aussi. Il imagine même, dans ce roman, que sa tirade « gauchiste et insane » sur *Underworld USA*, de James Ellroy, m'aurait valu une lettre courroucée de l'ambassadeur d'Haïti en France exigeant de lui des excuses et me demandant de l'exclure de la tribune...

Petit, Arnaud n'ambitionnait pas plus de devenir critique que d'entrer au *Masque*, dont il aimait « le ressac de phrases que ça faisait dans le transistor ». Il voulait plutôt être une rock star. C'est raté. Il n'empêche : à sa manière, au studio Charles-Trenet, de rythmer ses phrases, de mimer ses jugements façon Air Guitar, de chercher la provocation et de faire vibrer les spectateurs, il n'est pas si loin, certains soirs, de ses rêves de jeunesse. Ne lui manque que la veste en peau de crocodile.

Méchanceté

Longtemps, Frédéric Bonnaud, alors critique de cinéma aux *Inrockuptibles*, dont il est aujourd'hui le directeur de la rédaction, fut l'une des voix les plus sanguines et féroces du *Masque et la Plume*. Il y alliait l'éloquence et l'intransigeance. Rares étaient les films qui trouvaient grâce à ses yeux. La notoriété des cinéastes – car il épargnait les débutants – ajoutait à son plaisir évident d'en découdre avec eux : je n'oublierai jamais ses charges répétées contre, parmi tant d'autres, Bertrand Tavernier, qui continue, à cause de lui, de vitupérer l'émission. Il pouvait aller jusqu'à tenir que le classicisme est une allégeance au conservatisme et une insulte au bon goût. Il trouvait, aux comédies populaires, des relents douteux, un indigeste fumet vichyssois. Il voulait passionnément que le cinéma fût inventif, audacieux, dérangeant et révolutionnaire. Et lorsqu'il avait fini d'exécuter un film, il retournait sa colère contre ses confrères, soupçonnés de démagogie ou de servilité. C'est ainsi que, après l'une de ses saillies, j'ai vu Alain Riou, du *Nouvel Observateur*, quitter la tribune en cours d'émission au cri clavélien de « Monsieur le censeur, bonsoir ! », enfiler son blouson et rentrer chez lui sans se retourner.

Le plus souvent, j'observais Frédéric fulminer avec d'autant plus de plaisir – car sa présence était chaque fois l'assurance d'un bon *Masque*, dans la réussite duquel entrent à parts égales de grandes empoignades, de belles envolées lyriques et de vrais moments d'émotion – que je connaissais, à la ville, ses prévenances et ses indulgences. Il avait, en privé, un air enfantin, poupin, qui disparaissait au moment où, dans le studio, le rouge s'allumait.

Et puis, après des années de participation à l'émission, Frédéric arriva à l'un de nos déjeuners rituels avec la mine défaite et la voix grave. Avant même de commander, il m'annonça qu'il quittait *Le Masque*. Je crus qu'il plaisantait. Il m'assura que c'était très sérieux. Je lui demandai alors une raison valable sans laquelle son départ était, pour moi, inenvisageable.

« C'est très simple, m'expliqua-t-il, je ne me supporte plus. Lorsque j'ouvre la radio le dimanche soir et que j'écoute ma voix, j'ai l'impression d'entendre quelqu'un qui porte mon nom, mais qui n'est pas moi. Et cet homme qui éructe, qui tonne, qui sort de ses gonds, qui exécute un film sans sommation, qui malmène ses confrères, je n'ai qu'une envie : lui clouer le bec. Tu le sais, toi, que ça ne me ressemble pas…

— Tu dis pourtant ce que tu penses et si c'est parfois excessif, c'est toujours sincère. Et puis tu empêches le débat de ronronner, c'est très précieux. Tes interventions me rappellent les harangues de Gilles Sandier, qui fut autrefois un critique dramatique aussi sévère que fervent. Que tu le veuilles ou non, tu n'es pas fait pour le compromis ni la charité. Laisse donc à d'autres radios, à d'autres émissions, l'ouverture du robinet d'eau tiède.

— Comprends-moi bien : ce n'est pas ce que je dis qui me choque, c'est la manière dont je le dis qui m'est odieuse.

— Je te rappelle que le principe de l'émission, et depuis des lustres, c'est de forcer le trait, d'exagérer les enthousiasmes et les rosseries. Il y a toujours un peu de Grand-Guignol, un côté stand de tir pour fête foraine. Tu crois vraiment que le Bory de Méréville qui plantait en semaine des dahlias dans son jardin et fauchait méthodiquement sa luzernière trouvait ressemblant le génial histrion du dimanche soir qui s'époumonait et postillonnait sur Charensol ?

— Je ne me reproche pas de cabotiner, on le fait tous, ça fait partie du jeu, du spectacle, mais c'est ma propre méchanceté à laquelle je suis désormais allergique… Ne m'en veux pas si je t'avoue que *Le Masque*, dont je reconnais par ailleurs les vertus, a un vice : il autorise la cruauté, il s'en repaît. Et je ne veux plus être cruel. »

Cette conversation avec mon ami Frédéric, qui tint en effet parole et ne mit plus jamais les pieds au studio Charles-Trenet, où il me manqua, où je tentai plusieurs fois de le faire revenir, en vain, m'a beaucoup marqué. C'était la première fois, en effet, qu'un critique rendait les armes comme un chasseur, lassé de faire souffrir et couler le sang, remise son fusil de viandard au grenier. Car s'il voulait bien la fête, il refusait l'hallali. Et, pour me convaincre du bien-fondé de sa décision, il sortait un argument de poids : l'écoute de l'émission, pas son enregistrement. Il se plaçait soudain du côté des victimes.

Depuis ce jour-là, je l'avoue, je prête une attention différente, lorsqu'il est diffusé, au *Masque et la Plume*. Je suis en voiture, fenêtres ouvertes, sur une route de campagne, un soir d'été. La lumière est encore chaude et dorée. Le blé jaune et le maïs vert exultent. Le soleil bâille, il tarde à s'assoupir. On veut croire un instant que le ciel et la terre vivent en harmonie. Tout est doux, tout est bien. La radio est allumée. À vingt heures et quatre minutes, Daniel Barenboïm libère, tel un torrent de montagne, *La Fileuse*, prélude à un chœur de voix joyeuses, rageuses, élogieuses, acrimonieuses, affectueuses, courageuses, mais jamais révérencieuses, doucereuses, filandreuses, ennuyeuses. La conversation s'engage, on est entre gens de bonne compagnie, le paysage défile comme de la soie dans un roman d'Éric Holder. Et puis soudain, c'est l'orage, c'est le massacre. Un roman est exterminé après qu'un critique a lu, en prenant son temps et en se demandant où diable était passé son éditeur, une phrase bancale, trop longue, incompréhensible, ou bien s'est acharné sur l'éloge convenu d'une quatrième de couverture lyrique, superlative et bébête. Un film est ridiculisé, chaque scène dépiautée, chaque dialogue caricaturé, chaque image déchirée – à croire qu'il n'y avait personne derrière la caméra. D'une pièce de théâtre, il ne reste plus grand-chose après que la tribune au complet a déclaré que, dans la salle, on n'entendait rien, que la mise en scène était du patronage, que le texte avait vieilli et que l'actrice principale avait vingt ans de plus que le rôle et des cernes, oh, la vilaine. Les blagues et les jeux de mots rendent plus cruelles encore les exécutions. La guillotine fonctionne à plein régime, et la lame brille au soleil. Dans les travées, les spectateurs rient, s'offusquent même de rire. Parfois, certains d'entre eux interviennent pour exprimer un jugement encore plus radical que celui des Guillotin et, au fond de la forêt des ondes, achever la bête.

Les mains sur le volant, alors que le ciel du soir vire à l'orangé, j'imagine soudain le romancier dans sa cuisine, le cinéaste dans sa chambre, le metteur en scène dans son salon et la comédienne dans son fauteuil qui écoutent *Le Masque et la Plume*. En quelques minutes, non seulement leur travail a été anéanti, mais leur condamnation a aussi été proclamée dans la rigolade. Cela doit être insupportable. D'ailleurs, ils ne décolèrent pas. Ils imaginent un complot dont ils sont les proies et que, évidemment, le maître du jeu, ce modérateur partial, ce méchant homme, ce grand pervers, a savamment monté et orchestré – ignorant qu'il ne sait jamais rien, avant l'émission, de ce que vont dire les critiques. Ils crient à l'injustice. Des amis leur téléphonent : « Ils ont été dégueulasses, au *Masque* », « Ne t'inquiète pas, c'est rien qu'une bande de ratés », « Ce n'est pas de la critique, c'est du règlement de comptes »… Ils ne laisseront pas le crime impuni. Ils ne pensent déjà qu'à se venger. Oserai-je dire ici que, sans les approuver et sans davantage parjurer, je les comprends ? À ceux qui, tel Patrice Leconte dans un salon du ministère de la Culture, m'ont sèchement pris à partie, j'ai tenté, en vain, de faire valoir ma théorie : *Le Masque et la Plume* aurait depuis longtemps disparu si, bradant son héritage, il avait cédé à la complaisance généralisée, s'il était devenu une dépendance des éditeurs et des producteurs, s'il s'était inscrit dans la ronde promotionnelle des auteurs et des réalisateurs, s'il marchandait ses éloges, s'il n'acceptait si souvent de sacrifier l'amitié à la vérité.

L'amitié, parlons-en un instant. En un quart de siècle, j'ai payé cher mon rôle d'animateur de cette émission. Un comédien et humoriste, dont j'étais très proche, a rompu définitivement les liens le jour où la pièce dans laquelle il jouait a été malmenée à la tribune, jugeant que j'aurais dû censurer mes partenaires, les empêcher de s'exprimer, que mon silence durant les débats était coupable ; et son fils, qui était l'auteur de la pièce, n'eut de cesse, ensuite, de me traiter à la télévision de « Goebbels » à la tête d'une escouade de bourreaux nazis. Un écrivain célèbre, dont j'avais loué les romans dans mon journal et qui m'accordait auparavant de longs entretiens, n'a pas supporté d'entendre l'ensemble des critiques plaisanter méchamment – mais justement – sur le film, tiré d'un de ses livres, qu'il avait eu la mauvaise idée de réaliser : il se jeta alors sur tous les micros qu'on lui tendait pour signifier que j'étais une raclure, une nullité, une imposture, et glissa dans son roman suivant, un gros succès, que *Le Masque et la Plume* était une réunion de cloportes. Page 268, son héros, qui roulait sur l'A10, allumait France Inter le dimanche soir : « Les chroniqueurs s'esclaffaient bruyamment, leurs glapissements convenus et leurs rires étaient d'une vulgarité insoutenable. » Un acteur de théâtre, de cinéma et de télévision avec qui, autrefois, je passais des vacances d'été m'a prié de l'ignorer, estimant qu'il ne pouvait plus déjeuner avec le producteur d'une émission où l'on osait juger qu'il en « faisait trop ».

La liste serait trop longue, si je tentais de

l'établir, de tous les artistes qui, après avoir été d'ardents adeptes de l'émission, m'ont claqué la porte au nez, m'ont menacé de représailles, m'ont exprimé leur hostilité à partir du moment où ils étaient étrillés, fût-ce avec des égards. Du moins en ai-je tiré quelques avantages. Les dîners en ville me sont épargnés, ma vie sociale est réduite à l'essentiel, et la compagnie des gens de chevaux me dédommage de la fréquentation des vaniteux humiliés. Il y a enfin un plaisir, dont je jouis chaque jour, celui de la liberté. C'est un plaisir de cavalier lancé au galop dans la grande plaine, mais aussi de lecteur sans entraves et de spectateur sans œillères.

Noyade

Le Festival d'Avignon de 1991 restera toujours pour moi comme une tragédie grecque donnée à ciel ouvert. Dans une chaleur suffocante, j'avais enregistré, un dimanche de la fin juillet, *Le Masque et la Plume* dans un de ces cloîtres de la Cité des papes que Dieu prête à Dionysos. Cette année-là, les critiques s'étaient écharpés à propos de *La Tempête*, de Shakespeare, dans une mise en scène, aux Taillades, de Peter Brook ; des *Comédies barbares* de Valle-Inclán, façon Jorge Lavelli ; et de l'*Opéra équestre* de Bartabas, tout fraîchement passé du *Off* au *In* dans le sable blond de la Carrière de Boulbon.

L'arrivée, à la tribune, de Jacques Nerson, qui représentait alors *Le Figaro Magazine* et passait, à tort, pour un sicaire aux ordres de Louis Pauwels, avait déclenché, dans le public nombreux, compact et exalté venu assister aux deux émissions, des salves de lazzis et de méchantes huées : la bonne vieille gauche culturelle, dont Avignon était, par tradition, la dépendance estivale et exclusive, entendait bien bizuter Jacques et lui signifier qu'il n'était pas de la famille, qu'il détonnait dans ce lieu où régnaient encore, du moins par l'esprit, les grands régisseurs de gauche Jean Vilar et Paul Puaux. Au contraire, la moindre intervention de Guy Dumur, le raffiné et charismatique critique du *Nouvel Obs*, présent depuis 1948 à toutes les éditions du festival, était saluée par des applaudissements nourris. Chaque fois que Guy, sûr de son effet et de sa belle voix nicotinée, clouait le bec à son jeune contradicteur, c'était une ovation. À la fin de l'enregistrement, pendant lequel il avait dénoncé la dérive « élitiste » du festival d'Alain Crombecque, Jacques eut d'ailleurs un malaise et s'écroula, dégoulinant de sueur, sur une chaise, en murmurant les mots de Phèdre : « Je ne me souviens plus, mes forces m'abandonnent. » Il souffrait moins de la canicule que de l'animosité collective qu'il avait suscitée, non pas pour les propos qu'il avait tenus, mais pour le journal auquel il était coupable d'appartenir.

Le lendemain, Guy partit pour les Baléares. C'était une tradition. Chaque été, afin de se reposer du Festival d'Avignon, ce lord de la critique remisait ses costumes en lin clair et ses chemises Oxford à vichy, louait une maison dans l'île de Majorque et plongeait son long corps fatigué dans la Méditerranée amniotique. Le 30 juillet, sous un soleil de plomb, il s'y noya. De battre, son cœur s'arrêta au large, comme un voilier sans vent. La mer fut son tombeau. Il avait soixante-dix ans. À Ramatuelle, où je prenais alors quelques jours de vacances dans la maison où avait vécu son idole de Chaillot, Gérard Philipe, un téléphone du *Nouvel Observateur* m'annonça son décès. Je fus sous le choc – Guy était devenu un ami cher depuis le long reportage que, pour nos journaux respectifs, nous avions effectué ensemble, douze ans plus tôt, aux États-Unis, où nous avions voyagé, complices et rieurs, de Washington à New York et de Nashville à Louisville. Et puis, l'homme que je venais à peine de quitter place de l'Horloge était si gai, ardent, érudit et cabotin que sa mort me semblait irréelle. Je reçus alors un autre appel, de France Inter cette fois : le dimanche suivant, 4 août, serait diffusé le deuxième *Masque* enregistré à Avignon et il était impératif d'expliquer aux auditeurs que, entre-temps, la comédie festivalière avait tourné au drame. On me priait donc d'aller à Nice, dans le studio azuréen de Radio France, pour prendre l'antenne à vingt heures précises et annoncer qu'on allait entendre, dans quelques minutes, la voix d'un fantôme. C'était d'une surréaliste et accablante tristesse. Et il convenait que je sois *professionnel*, alors que j'étais simplement bouleversé.

Pendant tout le trajet entre Ramatuelle et Nice, j'improvisai au volant un bref préambule, qui devait être à la fois un bonsoir et un adieu, un exercice d'admiration et une oraison funèbre. À l'heure dite, tout seul dans le petit studio, face à la vitre en verre fumé de la régie, je rappelai en direct et en accéléré la vie pleine de Guy Dumur, son compagnonnage d'autrefois avec Roland Barthes et Bernard Dort au comité de la revue *Théâtre populaire*, qui accompagna si bien l'aventure vilarienne du TNP ; la fabuleuse *Histoire des spectacles* qu'il avait dirigée, à la demande de Raymond Queneau, dans l'« Encyclopédie de la Pléiade » ; ses présidences successives du Syndicat de la critique, où son élégante autorité faisait merveille ; son long sacerdoce dans l'hebdomadaire de Jean Daniel et sa présence ininterrompue au *Masque*, où il excellait dans l'art de la conversation et la rhétorique de la dispute. Et puis vint l'instant fatidique. Il fallait bien, sans trembler ni pleurer, lancer l'émission et préciser que je m'étais bien gardé de la retoucher : « Notre ami n'est plus. L'homme qui, au pied du Palais des Papes, il y a quelques jours, exprimait avec une telle ferveur sa passion pour le théâtre élitaire et populaire, vient de disparaître en Méditerranée. Écoutez-le vibrer, s'emporter, se passionner au milieu des spectateurs et des cigales. Ce n'est pas un testament, c'est un credo. Merci, cher Guy, ce soir encore, d'être sur le pont, et au revoir. » *La Fileuse* retentit alors dans mon casque. Elle n'avait jamais mieux porté son nom.

Ortie (Purin d')

C'est un rituel que les auditeurs affectionnent. À la fin de chaque émission, pour les reposer des figures que je leur ai imposées et de l'actualité à laquelle je les ai condamnés, je propose aux critiques de conseiller un film, une pièce ou un livre (ce peut être aussi un DVD, une revue, une rétrospective...) qui sort de l'ordinaire, des sentiers battus, et leur tient particulièrement à cœur. Version radiophonique du boncoin.fr, la séquence, aussi brève que prescriptrice, réserve parfois de savoureuses surprises.

Ainsi, le 12 novembre 2006, Jean-Louis Ezine, toujours prompt à rappeler ses origines normandes et campagnardes, préconise-t-il la lecture, selon lui indispensable, d'un petit traité destiné à « soigner les plantes par les plantes », publié aux Éditions de Terran et intitulé *Purin d'ortie et compagnie*. Le plus sérieusement du monde, Jean-Louis explique aux auditeurs citadins que le purin d'ortie a toutes les vertus, puisque ce fertilisant doublé d'un insecticide est à la fois naturel, écologique, thérapeutique, gratuit et qu'il dispense surtout d'en appeler aux engrais chimiques. Le seul désagrément qui s'y attache – issu de la longue macération d'orties dans de l'eau, il sent très mauvais – est dérisoire au regard des bienfaits qu'il dispense dans les potagers et les vergers. Et si Jean-Louis, ce jour-là, fait l'éloge de cet ouvrage, c'est pour des raisons moins littéraires que politiques : une loi agricole de janvier 2006, augmentée d'un décret promulgué en juillet, interdit en effet, sous peine d'une très lourde amende (75 000 euros), la divulgation de la recette du purin d'ortie ainsi que de tout produit phytosanitaire non homologué : « Au bon pays de Sully, s'insurge le Lexovien Jean-Louis, il semblerait que l'ortie soit devenue taboue ! »

L'affaire est grave, mais voilà, on est au *Masque et la Plume*, où l'humeur est persifleuse. Les autres critiques, plus familiers du macadam que du pâturin, se tiennent les côtes. « C'est quoi, cette odeur ? » lâche Michel Crépu, qui recommandera d'ailleurs la semaine suivante, dans la même rubrique, et sans doute pour se faire pardonner, l'énigmatique *Comment chier dans les bois*, sous-titré *Pour une approche environnementale d'un art perdu*, aux Éditions Édimontagne. Plus Jean-Louis en rajoute (« Ne riez pas, mes amis, l'ortie française est menacée de mort ! »), plus la tribune s'esclaffe et mieux le public se gondole. L'émission, qui pour le coup n'a plus rien de littéraire, et qui m'échappe aussi sûrement que le mazout d'un tanker, se termine dans un brouhaha de fête foraine – avec stand de tir, manège enchanté et grand huit –, que *La Fileuse*, malgré le doigté autoritaire de Barenboïm, peine à couvrir.

Jamais, à cet instant, je n'aurais pu augurer que ces trois minutes de plaisanteries, de potacheries, de boutades allaient provoquer une tempête nationale. À vingt et une heures, ce dimanche soir, les premiers mails commencent à pleuvoir sur la boîte du *Masque et la Plume*. Leurs auteurs ne sont pas courroucés, ils sont révoltés. L'humour n'est pas passé. On ne se moque pas du purin d'ortie. Encore moins sur le service public. Honte à nous. Haro sur ces critiques qui ne comprennent rien à la nature, sur ces « Parisiens » qui font le jeu, avec leurs ricanements stupides, des fabricants industriels d'engrais, sur ces « salonards » qui sont complices du lobby des empoisonneurs de jardins. Et sur l'animateur, incapable de morigéner ses comparses.

Pendant plusieurs semaines, l'émission sera, sur la Toile et par voie postale, la cible de ces auditeurs que le décret de juillet a transformés en résistants armés de fourches et qui prônent, en nous menaçant, la désobéissance civique. À travers l'émission, c'est à la Maison de la Radio, « située évidemment dans le XVIe arrondissement de la capitale », que s'en prennent, dans un flot ininterrompu de messages lapidaires venus de toutes les régions de France, des correspondants pugnaces. Ils se flattent d'être des « paysans englués dans la terre », des « bouseux », des « gueux », des « empurinés », et nous plaignent d'ignorer « le bonheur de marcher dans la rosée du matin » ou celui « de manger bio et pur ». Un auditeur bordelais exaspéré, René Dufau, résume bien la teneur du volumineux courrier, dont je n'ai pu lire que de courts extraits au début des émissions suivantes : « Pour être critique de livres, il ne suffit pas de savoir lire. Il peut y avoir du purin de critique, qu'il n'est pas convenable d'entendre sur une radio comme France Inter. » Mais lorsque, au matin du 13 décembre 2006, le Parlement vota un amendement qui levait l'interdiction frappant le purin d'ortie, *Le Masque* recouvra son calme d'avant l'ouragan. J'entends encore Jean-Louis me dire à la veille de Noël, en baissant les bras à la manière de Gaston Lagaffe : « M'enfin, je plaidais sincèrement pour ce bouquin, pour ce purin. Je les aime l'un et l'autre ! Comment diable ai-je pu être si mal compris ? »

C'est toute l'histoire du *Masque* : les auditeurs n'entendent que ce qu'ils veulent entendre et plus on s'éloigne du propos culturel de l'émission en frôlant les sujets de société ou de politique, plus les réactions sont passionnelles, épidermiques, colériques. La France du dimanche soir a vraiment l'oreille chatouilleuse, l'esprit séditieux et la repartie cinglante.

Podcast

« Terre Adélie, le 15.10.2007

Base Dumont d'Urville, District de Terre Adélie, Terres australes et antarctiques françaises, via Orly CTC OM.

Cher Masque,

Vous recevez souvent des courriers d'auditeurs ravis de pouvoir vous écouter de n'importe où, à n'importe quel moment et cela grâce au podcast.

Sachez que j'en fais partie et que je vous écoute depuis l'Antarctique. Le petit stock de vos émissions que j'ai emportées avec moi rend mes corvées de ménage ou de déneigement beaucoup plus agréables. Le luxe, c'est de pouvoir écouter les critiques s'étriper autour des dernières sorties littéraires, cinématographiques ou théâtrales tout en se promenant sur la banquise auprès des manchots empereurs.

Alors merci au *Masque*, merci à la technologie de permettre à des auditeurs fidèles d'écouter leur émission favorite. Ainsi l'ornithologue hivernant que je suis se rapproche de la métropole en moins d'une heure.

Bonne continuation et amicalement.

David Lazin »

Polac (Michel)

C'était un merveilleux, incorrigible, inextinguible, infatigable râleur. Du plus loin que je me souvienne (il avait épousé Dominique, la fille de l'obstétricien Pierre Velay, l'un des meilleurs amis d'Anne et de Gérard Philipe, avait connu Anne-Marie petite, était le père d'une délicieuse Juliette avec qui nous passions des vacances à Ramatuelle, bref, il était de la famille), Michel ne tenait pas en place. Il avait une âme de déserteur. Sans cesse, il semblait fuir le confort, les responsabilités, l'ordre social, le succès, et même le bonheur. D'ailleurs, à peine Jean Tardieu lui confia-t-il, en même temps qu'à François-Régis Bastide, les rênes du *Masque et la Plume*, qu'il fit un écart de jeune cheval et, négligeant de signaler son absence prolongée, préféra partir pour Téhéran, où l'attendait une belle Iranienne. C'était l'époque où il rêvait de « conquérir toutes les femmes comme les pics de l'Himalaya » et ne sut bientôt plus sur combien de monts de Vénus il avait planté son fanion. Il revint ensuite dans l'émission, mais sans y trouver son plaisir. Il la quitta définitivement en 1970, à la suite d'un violent différend qui l'opposa à Georges Charensol, ce dernier lui reprochant de condamner publiquement un film sur le Vietnam, *Hoa-Binh*, signé Raoul Coutard, qu'il n'avait pourtant pas vu. « C'était d'une telle mauvaise foi, me raconta Charensol, que je me suis levé, j'ai salué la compagnie et je suis sorti du studio. Lorsque, la semaine suivante, je suis retourné au *Masque*, Polac n'y était plus. Bon débarras. » Quand les principes étaient bafoués, Georges sortait de ses gonds, et il avait la rancune tenace.

Michel, qui se rêvait peintre, écrivain, philosophe et cinéaste, fit de la radio par dépit, de la télévision par provocation, du journalisme par accident. C'était, au reste, un critique paradoxal. D'abord à *L'Événement du Jeudi*, où je lui confiai une chronique dans les années quatre-vingt, ensuite à *Charlie Hebdo* et sur France Inter, le cofondateur du *Masque* éleva la grogne à la hauteur d'un bel art. Il détestait *Madame Bovary*, les rentrées littéraires, les modes, les prix de saison, les éditeurs triomphants, les auteurs avantageux, le roman français contemporain, la ponctuation et le grand style. Le sien, qu'on eût pu croire parfois traduit d'une langue étrangère, il prenait un malin plaisir à ne pas le soigner, à le bâcler, à le bousculer, à l'éreinter, à lui enlever tout ce qui aurait pu le rendre séduisant, donc mensonger : les métaphores, les litotes, les adjectifs, les joliesses, et même la ponctuation. Il adorait en revanche les écrivains russes et japonais, les penseurs récalcitrants, parmi lesquels Schopenhauer et Clément Rosset, les vieux livres de poche, les oubliés, les négligés (ainsi, Louis Hémon), les invendus et les invendables. Il préférait les morts aux vivants et ne sauvait, des vivants d'alors, que les plus désabusés, de Beckett à Cioran. Comme tous les rouspéteurs et les atrabilaires, il était capable d'enthousiasmes hyperboliques dont l'effet prescripteur était ravageur. Comme tous les esprits féroces, il pouvait être assailli par des émotions enfantines – on l'entendit un jour sangloter à la radio lorsqu'il évoqua l'ouvrage, qui l'avait bouleversé, de Svetlana Alexievitch sur les victimes et les ravages de Tchernobyl. Et comme tous les misanthropes, il ne vivait bien, il ne se supportait, que dans la compagnie des livres, au milieu desquels son exaspérant sosie cessait enfin de lui faire de l'ombre.

Les livres, Michel les avait toujours aimés (ses émissions de télévision, *Post-scriptum*, *Bibliothèque de poche*, *Libre et change*, en étaient pleines), mais il leur trouva des vertus plus grandes encore – l'air y est pur, la solitude y a des douceurs de printemps et le silence y est monacal – après avoir connu, avec *Droit de réponse* et ses dix millions de spectateurs, une notoriété tapageuse qui le laissa exsangue, le cœur en capilotade, et l'inclina ensuite à la sauvagerie. La thébaïde du Languedoc-Roussillon où, partagé « entre la révolte et l'inertie béate », enfermé derrière des murs de papier, il se réfugia, devint le centre du monde, de son monde. Il y avait la Russie de Tchékhov, Dostoïevski, Lermontov, Chalamov, Berberova. La Pologne de Gombrowicz. L'Italie de Buzzati et de Moravia. Le Portugal de Pessoa. L'Amérique de Fitzgerald, Miller, Fante, Carver. Le Japon de Tanizaki, d'Inoue et de Yoshimura. Ou l'Allemagne de Heine et de Sebald. Il disait qu'il y avait de l'Oblomov en lui. Car le vieil ours avait renoncé à tout, sauf à la littérature.

Celle que, baissant le masque et prenant la plume, il écrivit ne fut jamais à la hauteur de ses obsessions, de ses inquiétudes, de ses ambitions. Poursuivi par un passé trop lourd – son père, ancien combattant, germanophile, pétainiste et juif, fut tué, en 1941, par les nazis à Auschwitz –, pressé par je ne sais quelle urgence sur laquelle il n'avait pas prise, tenaillé par une perpétuelle insatisfaction et le goût de l'échec, frappé régulièrement par de violentes dépressions, Michel pratiqua l'inconstance avec obstination, jusque dans ses romans et ses essais imparfaits, qu'il se vantait d'avoir rédigés à la hâte, composés à l'arrache, et dont les titres narquois résonnent comme des aveux différés : *La Vie incertaine*, publié par Jean Paulhan et Albert Camus, *Maman, pourquoi m'as-tu laissé tomber de ton ventre ?*, *Un fils unique*, *Ça ne peut pas durer*, *Le Grand Mégalo*, *Le QI ou le roman d'un surdoué*, ou encore *Hors de soi*, bref recueil d'aphorismes désabusés où il disait ne supporter de vivre qu'à certaines conditions, et jamais à crédit : « Pouvoir s'esquiver à tout moment, sans dettes. Le suicide toujours à portée de la main comme une arme contre la compromission. » Sans oublier un posthume sur mesure : *Mettez un livre dans mon cercueil.*

Et puis il y avait ce monstre de papier, ce volumineux journal, qu'il tenait depuis ses quatorze ans et dont, alors septuagénaire, il publia, en 2000, une version abrégée de six cents pages couvrant les seules années 1980-1998. Il n'y est pas question de la télévision, qui l'occupait pourtant beaucoup à cette époque-là, mais de ses frasques sexuelles : expériences triangulaires, rapports à la hussarde, aventures avec des femmes de tous âges, pourvu qu'elles ne fussent ni maquillées ni rasées, et même évocation d'une relation taboue avec un garçon, rien ne manquait au tableau de chasse du pessimiste priapique. Je lui avais fait part alors de mon étonnement, et il m'avait répondu : « C'étaient les années quatre-vingt, une période d'agitation terrible où j'ai failli laisser ma peau. Le direct hebdomadaire de *Droit de réponse* était tellement physique que j'étais dans une surexcitation permanente. Mon érection commençait à la télé et se terminait au lit. Je retrouvais la folie libertaire et sexuelle que j'avais connue dans l'après-68 et qui m'avait sauvé d'une inhibition qui remonte à l'enfance. Cet érotisme frénétique est sans doute lié à l'âge : on vieillit, on panique, on devient libidineux, on sait le temps compté, alors on accorde au sexe une importance démesurée, pathétique. Passé ma soixantaine, je me suis dit que, s'il n'y avait pas l'amour, je me flinguerais. Je vais te dire la vérité : aujourd'hui, avoir une femme dans mes bras est plus capital que d'écrire un bon livre. » Ce même jour, j'avais demandé à Michel de se définir à brûle-pourpoint, et il ne s'était pas défilé : « Je suis autodidacte, hypocondriaque, bonimenteur, et adepte de Gombrowicz devant l'éternel. J'aurais pu être vraiment un écrivain si j'avais accepté de m'isoler du monde pour développer une pensée originale, mais j'ai refusé de m'ennuyer, de m'oublier, j'ai cédé à l'actualité, à la facilité et, par peur de la solitude, j'ai eu une vie fragmentée dont mon journal présente quelques morceaux épars. »

Rongé par la maladie, il est mort d'épuisement, le 7 août 2012, à quatre-vingt-deux ans, et a été inhumé à Cabrerolles (Hérault). Bien plus tôt – c'était en 1989 –, il m'avait confié son épitaphe : « Touche-à-tout, il a fini par toucher terre. » Pour lui, le repos éternel n'était pas une formule, il l'avait bien mérité et l'attendait depuis si longtemps.

Quarante ans

En 1995, pour fêter le quarantième anniversaire du *Masque et la Plume*, je m'étais offert ce plaisir, trop heureux de le partager avec les spectateurs du Charles-Trenet et tous les auditeurs : réunir, à la tribune où ils m'avaient précédé, François-Régis Bastide, Michel Polac et Pierre Bouteiller. Chacun avait désormais sa vie (celle de Régis touchait à son terme, il s'éteindrait l'année suivante), ils ne se voyaient plus, ne se téléphonaient pas davantage, n'avaient pas grand-chose en commun, vivaient loin les uns des autres. Régis se prolongeait à l'Unesco, sans plus croire à sa mission ; Michel robinsonnait au milieu des vignes et peaufinait son image d'anachorète anarchiste ; Pierre dirigeait les programmes de France Inter et allait bientôt exercer ces mêmes talents sur France Musique. Et pourtant, ce soir-là, comme dans *Vincent, François, Paul et les autres...*, le film de Claude Sautet, mais sans le nuage de tabac brun ni les effluves sucrés de vieux vin, ils avaient gaiement communié dans le souvenir et la mélancolie. En préambule de cette émission spéciale, j'avais d'ailleurs pris soin de diffuser un bref et testamentaire entretien que venait de m'accorder, dans son appartement du quai aux Fleurs, l'esprit toujours vif, notre doyen Georges Charensol, qui allait mourir, quelques mois plus tard, à quatre-vingt-seize ans.

Dès le début de l'enregistrement, Bastide et Polac, frères ennemis et frères d'armes, l'un en costume-cravate, l'autre négligemment ceint d'un foulard indien, avaient trouvé le moyen, soudain rajeunis, de se chamailler. Ils divergeaient sur tout : l'exactitude des dates, la paternité du titre de l'émission, le rôle que l'un et l'autre y avaient tenu. Rivalisant parfois de mauvaise foi, ils étaient intarissables dans la discorde et riaient de leur mésentente ontologique. Même sur la raison du départ définitif de Polac, l'hiver de 1970, après plusieurs allers et retours, les duellistes avaient des avis opposés. Michel était convaincu d'avoir été viré pour abandon de poste. Il était enfermé dans un chalet, à la montagne, où il écrivait un roman et il aurait reçu, un samedi après-midi, depuis la régie du studio 104, un appel téléphonique ulcéré de François-Régis lui demandant où diable il était, ce qu'il faisait, car il l'attendait pour enregistrer et ça urgeait. « J'étais tellement plongé dans mon manuscrit et enseveli sous la neige, plaidait encore Michel, que j'avais complètement oublié *Le Masque*. » Une version aussitôt réfutée par François-Régis, qui donna, à leur séparation, une explication beaucoup moins domestique et beaucoup plus idéologique : un film de guerre américain avait provoqué, à la tribune, un pugilat violent au cours duquel l'antimilitariste Jean-Louis Bory avait condamné les généraux du monde entier qui, pour gagner une bataille, sacrifient leurs hommes sans aucun état d'âme. Et il avait évoqué « les cinq mille » soldats français commandés, en 1945, le jour de son anniversaire, par de Lattre de Tassigny, qui avaient été tués par le feu nourri des Allemands, dans la poche de Colmar.

Après le générique-fin, Régis, pas encore ambassadeur, mais déjà diplomate, s'était empressé de réunir toute l'équipe et avait demandé à Jean-Louis d'accepter que fût coupé ce passage dont la diffusion non seulement provoquerait la colère noire de la maréchale de Lattre, mais verrait aussi débouler dans le studio tous les vétérans de Rhin et Danube. Si Bory avait accepté sans discussion – « Tu fais comme bon te semble, mon coco chéri » –, Polac avait hurlé à la censure, exigeant qu'on n'enlève pas un mot de cette tirade à la fois légitime et opportune. Le lundi matin, Régis serait allé voir le directeur de France Inter, Roland Dhordain, et lui aurait dit : « C'est le point de non-retour. Polac et moi, nous ne sommes jamais d'accord, nous sommes incompatibles, et si on continue, on va droit dans le mur. Il faut nous séparer, sinon ça va mal se terminer ! »

Un quart de siècle plus tard, sous la haute

voûte du Charles-Trenet provisoirement transformé en Camp du drap d'or, Michel jura qu'il avait tout oublié de cette affaire et Régis maintint sa théorie en vertu de laquelle la veuve du fameux général français qui reçut, à Berlin, la capitulation allemande avait prononcé, sans un mot, sans rien en faire, le divorce historique du couple légendaire d'animateurs.

Révoltes

Le 6 septembre 1960, dans le journal *Vérité-Liberté*, paraît le « Manifeste des 121 », rédigé par Maurice Blanchot et Dionys Mascolo. Comédiens, écrivains, cinéastes, philosophes, éditeurs, professeurs, tous de gauche ou d'extrême gauche, les signataires, dont trois critiques du *Masque*, Bernard Dort, Gilles Sandier et Robert Benayoun, plaident pour l'indépendance de l'Algérie, dénoncent la guerre néocoloniale que la France y mène, condamnent la pratique de la torture, jugent légitime le refus de prendre les armes contre un peuple « opprimé », exigent l'arrêt immédiat des combats. Aussitôt, une contre-pétition, lancée par des intellectuels et historiens de droite, des monarchistes, des catholiques, des officiers supérieurs ainsi que les Hussards Roger Nimier, Michel Déon et Antoine Blondin, est publiée dans *Carrefour*. Les cent vingt et un y sont accusés d'être des « professeurs de trahison », des apologistes de la désertion, des agents du FLN, des suppôts du fanatisme et des antifrançais mettant en péril le territoire national, lequel court « de Dunkerque à Tamanrasset ». À la guerre d'Algérie répond, à Paris, la bataille des esprits. La réplique du gouvernement de Michel Debré est immédiate : parmi les cent vingt et un insoumis, les fonctionnaires sont sanctionnés et les autres, censurés. Mais nul n'est inculpé, surtout pas Jean-Paul Sartre – « On n'arrête pas Voltaire ! » aurait alors assené le général de Gaulle. En revanche, la RTF reçoit l'ordre de leur interdire l'antenne, c'est-à-dire de les museler. Les noms des proscrits ne peuvent même plus être prononcés. Au *Masque et la Plume*, François-Régis Bastide et Michel Polac devraient donc parler d'œuvres culturelles sans pouvoir ne serait-ce que citer Beauvoir, Signoret, Truffaut, Adamov, Resnais, Robbe-Grillet, Cuny, Duras, Butor, Mandiargues, Sagan ou Terzieff. D'une seule voix, les deux producteurs décident alors, en signe de protestation, de saborder l'émission, qui disparaît des ondes jusqu'en janvier 1961. Et comme une réplique au séisme, une sournoise onde de choc, l'entrée au *Masque et la Plume*, à l'automne 1961, de Jean-Louis Bory, professeur au lycée Henri-IV suspendu de l'Éducation nationale pour avoir été l'un des premiers à signer le Manifeste, aura une signification non seulement artistique, mais aussi politique.

À l'exception des mois de mai et juin 1968, où les auditeurs ont à nouveau été privés de leur *Masque* (lequel suivit le mouvement de grève générale qui mit l'ORTF sens dessus dessous), le dernier trimestre de 1960 est le seul moment où l'émission a fait le choix d'opposer à la censure officielle le silence radio. Elle ne rendait pas les armes, elle rendait l'antenne. Il fallait que la raison fût impérieuse. Car elle a toujours préféré se révolter au micro. Dans sa longue traversée de l'histoire moderne de la France, qui a vu se succéder le gaullisme, le pompidolisme, le giscardisme, le mitterrandisme, le chiraquisme, le sarkozysme et le hollandisme, *Le Masque* a toujours exercé, le dimanche soir, une manière de contre-pouvoir à la fois feutré et acéré. Pas seulement en raillant l'art officiel, le conservatisme, l'académisme, et en condamnant, à l'étranger, les régimes qui oppriment les créateurs, mais aussi en prenant fait et cause, à travers les films, les pièces, les livres qui les expriment, pour les changements de société et de mentalité, pour la nécessaire et inéluctable révolution des mœurs. Parce que si, en soixante ans, *Le Masque* a toujours été culturel, il n'a jamais cessé d'être politique.

Pour autant, a-t-il jamais été inquiété ? Une fois, et de manière perfide. C'était deux ans après les événements de Mai 68, au cours desquels le socialiste François-Régis Bastide avait créé la section CFDT des producteurs de l'ORTF tandis que le séditieux Michel Polac participait activement à l'intersyndicale de grève. La direction de France Inter envisagea publiquement de remplacer *Le Masque et la Plume* par une émission de radioguidage, ancêtre de Bison futé, censée faciliter, sur les routes, les retours de week-ends et résorber les bouchons. C'était oublier que *Le Masque* avait déjà la vertu de distraire le conducteur prisonnier des embouteillages et qu'il comptait, avec ou sans volant, des centaines de milliers d'auditeurs aussi dépendants qu'à une drogue. Lesquels signèrent une pétition dont le texte était si violent et comminatoire que la direction rangea son projet autoroutier dans un tiroir, offrant même au *Masque* de passer à la vitesse supérieure.

La dernière fois que la tribune fut unanime à se révolter, ce fut pour défendre l'honneur de l'un des siens. Dans *Le Figaro* du 13 juin 1979, le lendemain du suicide de Jean-Louis Bory, Renaud Matignon cracha sur le mort : « Il milita un peu dans la Résistance. Jean-Louis Bory n'a pas dû faire reculer la division *Das Reich*, mais il y a trouvé de belles poitrines viriles et il en tira une conclusion : il était homosexuel, il serait désormais le Pancho Villa des éphèbes. » À l'antenne et dans leurs journaux respectifs, les critiques du *Masque* répondirent, avec une même violence, à l'article inique de Matignon. Et parmi eux, Gilles Sandier, dans *Le Matin de Paris* du 14 juin : « Faut-il que, sous ce régime, la droite soit devenue puissante et arrogante pour se permettre ce genre d'infamie qui rappelle fâcheusement les temps nazis. »

Secret (Un)

« 13 août 2015

Chers Jérôme et divers trublions, si souvent attachants et occasionnellement agaçants. Il y a sept ans et demi commençait une histoire d'amour, dans une chambre aux fenêtres embrumées à travers lesquelles on pouvait apercevoir les ombres d'une tempête de neige frénétique, au Canada.

Durant les premières semaines de cette histoire d'amour naissante, j'ai fait partager, à celui qui allait devenir un des amours de ma vie, l'écoute rituelle de vos voix, qui semblaient tellement proches de nous alors qu'elles étaient à des milliers de kilomètres. Au fil des voyages et des années, vos voix nous ont accompagnés de Montréal à Paris, en passant par Melbourne, Bamako, Lisbonne ou Lubumbashi.

Et dimanche dernier, c'est encore à l'écoute de vos voix que nous avons passé notre dernier dimanche d'amoureux, avant de nous laisser, le cœur gros, reprendre l'un comme l'autre le fil de nos vies. Mais le rendez-vous du dimanche soir reste intact, et bien que nous soyons désormais derrière deux transistors différents, ce lien d'ondes radiophoniques demeurera, pour longtemps, notre rendez-vous à nous, notre secret, à l'ombre de nos souvenirs.

Je vous embrasse tous bien fort.

Cécile Angella »

Spectateur absolu (Le)

J'ai conservé la lettre, datée du 11 juin 1992, qui accompagnait l'étrange et gros objet adressé au *Masque et la Plume*, et à son animateur :

« Cher Monsieur Garcin,

Je suis un spectateur qui va au théâtre depuis un demi-siècle.

Retraité, j'ai mis cinq ans à mettre noir sur blanc mes Mémoires sous forme d'une *Histoire du théâtre* faite main (Gutenberg dépassé !). Vu l'abondance de reprises de pièces anciennes, je vous l'offre pour vous aider à détecter d'éventuelles erreurs chez vos critiques dramatiques. On ne sait jamais !

Vous serez la seule et unique personne à bénéficier d'un service de presse, le tirage étant minuscule…

Meilleures salutations.

André Degaine »

Je me vois encore, à France Inter, quelques heures avant l'enregistrement de l'émission. Plongé dans cette incroyable *Histoire du théâtre dessinée*, je n'arrivais plus à m'en détacher. Jamais encore, je n'avais rencontré un livre pareil. Il était d'un grand format, pesait plus d'un kilo et comptait quatre cent trente-six pages dont, à mon grand étonnement, tout le texte était manuscrit – une jolie écriture régulière de moine-copiste médiéval, de scribe épousant lentement les pleins de ses souvenirs et les déliés de ses rêves. D'innombrables planches illustrées donnaient à l'ouvrage l'allure enfantine d'une immense Carte du Tendre. C'étaient des croquis de scènes et de comédiens pris sur le vif, des gravures anciennes redessinées, des reconstitutions, des caricatures, des schémas synthétiques, des tableaux pédagogiques, des généalogies de dramaturges, des panoramas qui embrassaient vingt-cinq siècles et où défilaient, en accéléré, la *commedia dell'arte*, le théâtre élisabéthain, le boulevard des Années folles, l'Avignon du TNP, la Cartoucherie d'Ariane Mnouchkine et le Chaillot de Jérôme Savary. Cette singulière *Histoire du théâtre* était autoéditée (en vérité photocopiée, dans une boutique, à trois cents exemplaires) et seulement disponible dans deux ou trois librairies parisiennes. Sans même avoir fini de la lire, j'en fis, le soir même, mon coup de cœur au *Masque et la Plume*, où je comparai André Degaine au Facteur Ferdinand Cheval de Hauterives qui avait édifié seul, au début du XXᵉ siècle, son palais féerique peuplé de personnages mythologiques et d'animaux exotiques.

Quelques jours plus tard, je reçus une lettre d'André Degaine. Il me remerciait de mon intervention, qui avait provoqué une vente si foudroyante de son livre qu'un nouveau tirage avait dû été lancé. Et il ajoutait : « Il y a du Tirésias en vous. Comme vous m'avez bien deviné ! Dans votre émission, vous avez en effet parlé à mon sujet d'un nouveau Facteur Cheval alors que vous ignoriez ma profession. Sachez donc que je suis postier ! » C'était trop beau. Je lui téléphonai pour demander à le rencontrer. Il me donna rendez-vous dans un café de la place de la République. Sans surprise, l'homme, un célibataire de petite taille âgé alors de soixante-six ans, ressemblait à son livre. Il était à la fois modeste et enthousiaste, réservé et fervent, candide et averti. Il avait des yeux bleus, une diction appliquée de sociétaire du Français, époque Mounet-Sully, et un physique de vaudeville, quelque part entre M. Perrichon, le carrossier de Labiche, et Bouzain, le clerc de notaire du *Fil à la patte*, de Feydeau. Ce jour-là, devant une eau de Vittel, il me raconta sa vie.

Né en 1926 à Clermont-Ferrand, il n'avait vécu que pour le théâtre – sa passion, sa raison d'être, sa seule famille. Petit, il donnait des représentations de marionnettes en adaptant, pour ses copains de classe, les pièces du très oublié

Alphonse Crozière (la place coûtait une bille). Monté jeune à Paris, il était entré à la Poste, et avait travaillé pendant quarante ans au guichet de la rue du Louvre, où il avait appris à devenir acteur au contact de la clientèle. C'est là, sous les combles du grenier, qu'il fonda le Jeune Théâtre des PTT pour y jouer, le soir, des emplois qui lui plaisaient. Le comédien amateur fut ainsi Arnolphe dans *L'École des femmes*, Georges Dandin, et encore le Claudio des *Caprices de Marianne*. Seul, il fabriquait les décors, rédigeait et dessinait les programmes, imposait ses goûts (en tête : Jean Giraudoux, Jules Romains, Jean Cocteau, Edmond et Maurice Rostand), adaptait *Les Bacchantes* d'Euripide, et s'essayait même à l'art dramatique : il écrivit une pièce en vers, *Slovik*, sur un soldat américain fusillé pour avoir déserté, et il sortit de l'anonymat, où il est retourné depuis, son collègue de guichet, André Devaux, dont *La Gerbe et le Fagot* s'attachait à retracer, en trois actes, « la lutte ancestrale des bûcherons et des paysans ». Son maigre salaire, il le consacrait exclusivement au théâtre, ne manquant aucune création d'Anouilh, de Ionesco ou de Beckett (car il avait l'esprit large), applaudissant aussi bien Charles Dullin que Ludmilla Pitoëff. Même ses dimanches étaient militants. Il distribuait à la criée des bulletins d'abonnement pour le TNP et, rentré chez lui, croquait sur ses carnets tout ce qu'il avait vu : les visages de Louis Jouvet dans *Knock* ou de Gérard Philipe dans *Le*

Cid, l'étoffe des costumes, l'architecture des décors, la géométrie des mises en scène.

Lorsque sonna l'heure de la retraite, il s'inscrivit à la Sorbonne, au cours de Florence Dupont, pour y parfaire ses connaissances sur la civilisation latine, les farces militaires, les satires rurales, les atellanes, les acteurs de la Palliata, le légendaire Roscius, qui imposa le port du masque, Plaute, Térence... Il voulait que sa vieillesse fût utile, partager la culture qu'il avait acquise tout seul et dont il détestait qu'elle fût réservée à une caste. Il ne se reconnaissait pas dans son époque, qui avait sacrifié le théâtre à la télévision, où les metteurs en scène faisaient la loi, où les distributions singeaient les génériques de films et où la pédagogie culturelle avait cessé d'être une morale. Armé de stylos-feutres, il entreprit alors, durant cinq années, cette folie : la rédaction calligraphiée d'une *Histoire du théâtre*, augmentée de deux mille illustrations et d'un index de mille trois cents noms. Sur le même principe artisanal du tout-à-la-main, il venait de commencer à rédiger un *Guide des promenades théâtrales de Paris*...

Nous devînmes aussitôt amis. Je fis venir dorénavant André Degaine à chaque *Masque et la Plume* consacré au théâtre, où il ponctuait les tirades des critiques par des interventions érudites sur les créations des grands classiques, sur l'histoire de l'hôtel de Bourgogne ou de l'Odéon, sur la troupe de Molière ou celle de Jean Vilar, sur les vies de Germaine Montero et de Maria Casarès. Il était incollable sur les intrigues, au XVe siècle, de *La Farce de maître Pathelin* et *La Farce du cuvier*, sur le puits à coqs et le Globe du théâtre élisabéthain, sur les vedettes du Pont-Neuf qu'étaient, en 1610, Turlupin, Gaultier Garguille et Gros-Guillaume, sur le théâtre érotique d'un certain Frédéric de Chirac, sur les salles du Cartel, la décentralisation et les maisons de la Culture. La radio lui conféra une manière de notoriété. Un éditeur, Nizet, acquit les droits de son *Histoire du théâtre dessinée*, qu'il publia en fac-similé et dont il fit un « long-seller » – quatre-vingt mille exemplaires vendus. La Société des gens de lettres lui décerna son Prix du livre d'histoire et le Syndicat de la critique, son Grand Prix. On lui demanda de donner, dans toute la France, des conférences, et il multiplia, dans Paris, des visites guidées dominicales. Coiffé d'une casquette en toile, le volubile cicérone conduisait ainsi de petites troupes serrées qui trottinaient derrière lui, depuis le théâtre Déjazet, sis 41 boulevard du Temple, surnommé autrefois boulevard du Crime, et l'écoutaient chanter la gloire, avec un léger accent auvergnat, de l'écuyer Franconi, du mélodrame, des funambules, d'Arlequin, de Colombine et de Jean-Gaspard Debureu, alias Baptiste, jadis créateur d'un Pierrot romantique. Cette promenade à pied était évidemment une vue de l'esprit, car Haussmann avait tué, en 1862, le boulevard du

Crime, et il ne restait plus rien du Cirque-Olympique, de la Gaîté, du théâtre des Chiens-Savants, des Folies-Dramatiques, du Théâtre-Historique ou des Délassements-Comiques.

André Degaine, que le comédien Charles Charras avait baptisé « le spectateur absolu » et qui était aussi un conteur et un enlumineur, s'est éteint, le 28 mai 2010, dans sa quatre-vingt-quatrième année. Accompagné par Henry Purcell et Georges Brassens, il fut enterré, le 2 juin, au cimetière du Père-Lachaise. Il aimait croire que le théâtre rend la vie plus belle et plus haute, et il le prouva. Lorsque je lui rendis un dernier hommage, au studio Charles-Trenet, je priai le public de ne pas le pleurer, mais de l'applaudir, comme après le tomber du rideau rouge. Ce fut une longue ovation.

Spectateurs (Nos)

Danièle, Bernard, Philippe, Claude et les autres. Ils sont une dizaine, depuis des années, à ne jamais manquer, à Paris, même durant l'été, un enregistrement du *Masque*. Ils ont leur rang attitré, le premier, à quelques mètres de la tribune, où ils se serrent comme, à la tombée de la nuit, des oiseaux sur une branche. Ils font partie de la famille et n'oublient pas, un petit cadeau à la main, de fêter Noël ou l'un de nos anniversaires. Je les ai surnommés « ma garde prétorienne ». Je connais bien leurs visages et un peu leur histoire. Si l'un est absent un jeudi soir, les autres me glissent à l'oreille qu'il est malade ou a été hospitalisé, mais qu'il reviendra la semaine prochaine. Ils sont fonctionnaire, boucher, professeur, facteur, à la retraite, au chômage. (Danièle, une ancienne directrice d'école, fidèle depuis quarante ans, est longtemps venue un carnet et un crayon à la main, pour noter les avis des critiques.) Ils n'ont pas forcément vu les films et les pièces et pas toujours lu les livres dont on parle. Ils viennent assister à un spectacle, écouter « une émission satirique d'obédience cathartique », ainsi que l'a définie un journaliste des *Inrockuptibles.* Ils sont ici parce qu'ils n'aiment pas aller ailleurs, dans les émissions publiques des autres radios, où les applaudissements sont commandés, les éloges des films systématiques et les spots publicitaires, envahissants. Ils aiment les discussions brûlantes et détestent les opinions tiédasses. France Inter est donc devenu leur résidence secondaire et *Le Masque*, leur club. S'il existait un badge de l'émission, ils l'arboreraient comme une médaille. De la Résistance. Ainsi l'un d'entre eux, Philippe Rousseau : « On me demande souvent pourquoi je vais assister à une émission que je peux écouter tranquillement chez moi, le dimanche soir. Je réponds que si je prends ma voiture, quitte mon domicile du 9-3, traverse tout Paris jusqu'au XVIe arrondissement, ce n'est pas pour assister à une émission de radio comme les autres. *Le Masque et la Plume* est une famille d'esprit. Je vais me fondre dans ce public improbable pour ne pas dire hétéroclite, composé de gens de milieux sociaux très divers, mais qui ont en commun le refus de se laisser submerger par l'océan de promotion qui a envahi les médias, où l'on nous répète à longueur de journée que tout est "formidaaaaaaaaable"… »

Et puis, il y a les beaucoup plus jeunes, qui sont souvent en bandes. Lycéens ou étudiants, khâgneux ou en prépa HEC, tous ultra-connectés, ils viennent frotter leur esprit critique à celui de leurs aînés. Ce sont les enfants et petits-enfants des cinéphiles des *Cahiers* et de *Positif*. Incollables sur le cinéma asiatique, la nouvelle vague new-yorkaise ou les séries télé, ils sont allergiques aux campagnes publicitaires, aux comédies franchouillardes et aux blockbusters californiens. Eux aussi viennent participer à un débat dont l'audiovisuel actuel les a privés et que seuls, me disent-ils, les réseaux sociaux savent entretenir aujourd'hui. Ils viennent surtout au Charles-Trenet pour le plaisir d'être en désaccord avec les critiques et profiter parfois du micro ouvert que je leur tends. S'ils sont du *Masque*, c'est pour nous voler dans les plumes.

Enfin, il y a les visiteurs du jeudi soir. Des Parisiens, mais aussi des provinciaux, venus souvent de loin en voiture, en train, en car. Ils veulent voir ce qu'ils écoutent, et qu'ils n'écouteront plus de la même manière, lever à la fois le mystère, le voile… et le masque. Ils prétendent, en sortant, que la complicité, à la tribune, est encore plus visible qu'audible, et regrettent que la radio ne puisse leur restituer les gestes, les mimiques, les clins d'œil avec lesquels l'exercice critique bascule soudain dans la dramaturgie. Je ne leur donne pas tort. Pourvu que cela demeure du spectacle vivant, destiné, même s'il est gratuit, à quelques centaines de privilégiés. Le capter, ce serait en effet le trahir.

Télévision

Autrefois, on écoutait la radio. Maintenant, on la regarde. Il paraît que c'est un progrès. Je n'en suis pas certain. Désormais, presque tous les studios de radio sont équipés de caméras. Elles filment, en plan fixe, des gens qui parlent. Elles tentent de saisir cette illusion : la physionomie, le profil, le grain d'une voix. Elles montrent, dans une lumière jaune d'aquarium, ce que les auditeurs n'ont pas besoin de voir, ce que beaucoup préfèrent encore imaginer : la tête casquée de l'animateur, le vieux pull du chroniqueur, la procrastination de l'invité, la couleur vive d'un micro, la banalité d'un studio. Ces images en flux continu, qui rejoignent aussitôt le flot incessant de YouTube, ressemblent à celles, volées, soupçonneuses, qu'enregistrent, dans les banques, les caméras de surveillance.

Je ne compte plus, depuis 1989, les responsables de la télévision – publique comme privée – qui, après avoir assisté à un enregistrement du *Masque et la Plume*, m'ont proposé de « le capter ». Tous trouvaient la formule attrayante et surtout avantageuse. Il suffirait, m'assuraient-ils, de placer une caméra en plongée sur la tribune et deux caméras en contre-plongée sur les centaines de spectateurs pour obtenir un spectacle culturel hebdomadaire, qu'ils programmeraient juste après sa diffusion à la radio. Chaque fois, je leur opposais un refus poli et définitif. Après leur avoir rappelé que Radio France était seule propriétaire de cette émission, dont je n'étais que le locataire provisoire, j'avançais d'abord que la liberté d'expression dont *Le Masque* jouissait sur France Inter était inimaginable sur des chaînes de télévision, lesquelles coproduisent des films et les passent aux heures de grande écoute. Or, les critiques du *Masque*, qui ne mâchent pas leurs mots et appellent une daube, une daube, ne leur apporteraient que des ennuis et gêneraient, en conséquence, leur savant commerce entre le grand et le petit écran. À cet instant, en général, mes interlocuteurs, un peu gênés, plaidaient pour que l'émission se recentre en effet sur le théâtre et la littérature... Je souriais et soutenais ensuite qu'installer une caméra au Charles-Trenet ou au Sacha-Guitry, c'était faire entrer le loup dans la bergerie, briser la magie de l'invisible et trahir le pacte tacite qui, depuis toujours, lie *Le Masque et la Plume* à ses auditeurs.

C'est précisément parce qu'ils ne nous voient pas et qu'ils nous écoutent depuis leur voiture où les enfants s'agitent, leur lit défait du week-end, la baignoire où ils paressent en barbotant, leur cuisine à l'heure du dîner, leur buanderie au moment du repassage, que nous leur appartenons, que nous nous pénétrons, en riant et sans aucun protocole, dans leur intimité. Et puis, les voix vieillissent mieux que les visages : il suffit d'entendre les plus anciennes tirades du *Masque*, celles de Jean-Louis Bory et Georges Charensol, de Gilles Sandier et Pierre Marcabru, de Bertrand Poirot-Delpech et Matthieu Galey, pour être frappé par l'éternelle jeunesse de l'éloquence, par sa modernité, aussi. Regardez en revanche des émissions de télévision en noir et blanc de la même époque, *Lectures pour tous* de Pierre Desgraupes et Pierre Dumayet, par exemple, et vous avez l'impression de plonger dans un temps révolu, chaplinesque et gaullien à la fois, qui ne reviendra plus.

Une fois, une seule fois, j'ai accepté de déroger à la règle. Le 25 novembre 2010, un *Masque et la Plume* consacré au cinéma (avec Sophie Avon, Alain Riou, Pierre Murat et Xavier Leherpeur) a été enregistré en direct du studio Charles-Trenet et diffusé en simultané sur le site web Dailymotion. L'occasion, pour beaucoup d'auditeurs, de découvrir alors les échanges de regards des critiques, leurs mains qui se lèvent, leurs sourires en coin, leurs moues dubitatives, bref, l'habituelle représentation de la discorde. Mais l'essentiel avait disparu ce soir-là : le mystère des corps qui s'expriment, le sortilège des voix venues d'on ne sait trop où, et la complicité sonore qui rassemble la communauté des cinéphiles, la tribu réunifiée des professionnels masqués et des amateurs plumés.

Et s'il fallait encore un argument pour dissuader les directeurs de la télé de croire encore à une version cathodique du *Masque et la Plume*, il convient de se souvenir ou d'évoquer sa brève et pathétique exportation, en janvier 1976, sur FR3, la troisième chaîne française, venue au monde quatre ans plus tôt. Pour l'occasion, François-Régis Bastide avait demandé à Gilles Jacob, critique de cinéma à *L'Express* et futur patron du Festival de Cannes, de coproduire l'émission et de l'animer avec lui. Il était également entendu qu'elle serait exclusivement dévolue au cinéma, pour moitié aux films sortis en salle et pour moitié, aux films diffusés sur FR3. Les désormais célèbres Bory et Charensol avaient répondu présent et comptaient bien, sous les aveuglants projecteurs, s'en donner à cœur joie : « Il n'y a qu'à tirer la chasse », déclara ainsi le premier, à propos de *Les vécés étaient fermés de l'intérieur*, le film de Patrice Leconte. Tout allait donc pour le mieux. Même sur petit écran, la tribune était fidèle à elle-même. Elle se moquait de la promotion et pratiquait, face caméra, sa proverbiale franchise.

Et puis, trois dimanches plus tard, *Le Masque* télévisé, à peine né, fut soudain supprimé. Des producteurs de cinéma, scandalisés par les propos tenus par les critiques sur leurs films, avaient inventé en quelques jours le BLIC (Bureau de liaison de l'industrie cinématographique) afin de faire pression sur le président de FR3, Claude Contamine, et son directeur des programmes, Maurice Cazeneuve, et d'obtenir d'eux qu'ils mettent fin à cette intolérable nuisance. S'ils n'obtempéraient pas, le BLIC leur couperait les vivres, c'est-à-dire que la chaîne n'aurait plus de films à diffuser, elle serait affamée. Contamine marchanda, reçut des mêmes producteurs l'assurance qu'ils approvisionneraient son nouveau ciné-club dominical, et le couple Bastide-Jacob fut prié de déguerpir au plus vite. « Nous avons été, soupirèrent-ils alors, les dindons de la farce. » À la télévision, la doyenne des émissions n'avait même pas vécu un mois. Tout un symbole.

Comme Voltaire, tombé en disgrâce à la cour de France et réfugié en Suisse afin d'y rédiger son *Dictionnaire philosophique*, *Le Masque* télévisé fut accueilli, pour trois ultimes épisodes, par la télévision romande. Ici, Genève, les Français parlent aux Français et les critiques, à leurs loyaux auditeurs…

Théâtre (La bande du)

Costaz (Gilles) : Gilles au *Masque*, c'est un peu un oxymore. Car cet homme au physique presbytérien n'a pas une voix de tribun, il n'aime pas dire du mal d'une pièce (lorsqu'il y est finalement acculé, il le fait en soupirant, en se faisant violence et en baissant le ton), il n'a jamais eu l'esprit pugilistique et il préfère, aux passes d'armes, le charme des conversations à l'ancienne. Sans la présence de Jacques Nerson, stigmatisé par lui en suppôt de la réaction, le critique de *Politis* ne sortirait guère de la discrétion qui est sa marque, son élégance, et n'aurait pas l'occasion d'affirmer d'inébranlables positions de gauche : le rituel de leurs duels est devenu, avec le temps, le clou du spectacle. Pour le respecter, il leur arrive à tous deux de se forcer à se détester. Seul dramaturge de la tribune – on lui doit notamment *Le Crayon* (1991), *À jouer sur la lune* (2002) et *L'Île de Vénus* (2013) –, seul à connaître l'ivresse et l'angoisse d'être représenté en scène, il juge donc ses contemporains avec indulgence et ses prédécesseurs avec nostalgie. Né à Valence, entré au *Masque* en 1983, il regrette l'époque où les critiques se cachaient derrière un rideau de velours rouge avant d'entrer théâtralement et d'affronter le public. Peut-être regrette-t-il de n'avoir pas été comédien…

Héliot (Armelle) : On la surnomme « Armelita ». Elle a la voix de Brigitte Bardot, les accents colériques de Geneviève Page dans *Colombe*, de Jean Anouilh, le rire cathartique et enfantin d'une Baby Doll, les grands yeux de Daisy Duck, et la Légion d'honneur. De son métier de critique dramatique, elle a fait une manière de sacerdoce, sacrifiant sa vie, ses rêves et ses étés à cet art éphémère, dont il ne reste, avec le temps, que des images sépia, des souvenirs éclatants, d'indicibles émotions et d'innombrables regrets, cette poussière d'or. Des pièces classiques, elle a vu tellement de mises en scène différentes qu'elle pourrait être à son tour scénographe ; des auteurs modernes, elle a suivi toutes les créations ; et elle n'oublie rien de ce qu'elle a aimé, de ce qui l'a déçue, de ce qui l'a choquée (sa pudeur est notoire, la mode des acteurs dénudés l'exaspère). Journaliste absolue – ni Mémoires ni essai à son actif, pas davantage de direction d'acteurs –, formée par Philippe Tesson au *Quotidien de Paris*, accomplie au *Figaro*, Armelita est la mémoire vivante du théâtre et, rehaussée par de l'insolence, la voix galopante du *Masque*. Car en plus, elle aime les chevaux.

Josse (Vincent) : C'est le benjamin de l'émission. Sa jeunesse d'esprit, de voix, d'enthousiasme ou de détestation, il ne manque d'ailleurs jamais une occasion de la rappeler à ses voisins lorsque, la gorge serrée, ils se souviennent au micro d'Edwige Feuillère dans *La Folle de Chaillot*, d'Isabelle Adjani dans *Ondine*, de la création, par Giorgio Strehler, d'*Arlequin, serviteur de deux maîtres* ou de l'occupation, en mai 68, du théâtre de l'Odéon. Originaire d'Abbeville, khâgneux à Lille, ancien élève de l'école de journalisme de Bordeaux, et avignonnais quand il n'est pas parisien, Vincent se garde bien – c'est sa force et sa singularité – d'être un critique dramatique professionnel : dans sa vie, le goût du théâtre ajoute seulement à sa passion de la photo, de la danse, de la peinture, de la littérature, de la musique et de ce qui, mystérieusement, emprunte à tout cela à la fois. Avant d'animer la tranche matinale de France Musique, il a longtemps produit, sur France Inter, *L'Atelier*, la meilleure émission consacrée aux artistes contemporains – de Bartabas à Laurent Mauvignier et de François-Marie Banier à Pierre Soulages – qu'il allait rencontrer chez eux, en pleine création, et dont, sans les montrer, en les suggérant, il saisissait les gestes, les élans, les désirs, les ambitions, mais aussi les doutes, les remords et les regrets. Le sien ? Être né trop tard pour se glisser dans l'atelier de l'écrivain et photographe Hervé Guibert, dont le titre d'un des romans, *Vous m'avez fait former des fantômes*, lui va si bien.

Lançon (Philippe) : Sa plume est une lame et son profil, celui d'un éternel adolescent viscontien. Je l'ai connu à ses débuts, dans l'immeuble tordu et bancroche de *L'Événement du Jeudi*, rue Christine, à Paris. Déjà, il était scandaleusement doué, étonnamment sûr de ses goûts. On lui prédisait un bel avenir professionnel. Il ne m'a pas déçu. Critique littéraire et dramatique, il est devenu le meilleur et le plus exigeant d'entre nous. Ses grands articles, dans *Libération*, sur les écrivains de l'*Encyclopédie* ou le roman latino-américain, ses chroniques assassines sur les best-sellers contemporains, ses reportages aux États-Unis, où il a enseigné la littérature française, sont des merveilles d'acuité et de style. Ses propres livres, aussi : *Les Îles* (2011), *L'Élan* (2013) et cette fresque cubaine, *Je ne sais pas écrire et je suis innocent*, publiée en 2004 sous le pseudonyme de Gabriel Lindero. Depuis longtemps, à chacun de nos déjeuners, je lui proposais d'entrer au *Masque*, dont il m'avouait être un auditeur énervé et assidu. Chaque fois, il refusait, au prétexte, me disait-il, qu'il préférait l'écrit à l'oral. Et puis, en juillet 2014, alors que nous étions attablés à la terrasse d'un café d'Avignon, pendant le festival dont il rendait compte pour *Libé*, il m'a enfin dit oui, avec un grand sourire. J'étais heureux. Philippe a rejoint la tribune des critiques dramatiques en décembre. Ce soir-là, on a parlé aussi bien du *Dandin* de Molière et du *Huis clos* de Sartre que de *Comment vous racontez la partie*, de Yasmina Reza, de la triste prestation d'Isabelle Adjani dans *Kinship*, la pièce pathétique de Carey Perloff, et encore de deux romanciers contemporains portés à la scène – Éric Reinhardt et Alessandro Baricco. À l'antenne, sa voix fut douce et sa critique, indulgente : Philippe inaugurait *Le Masque* avec générosité, mettait un peu d'eau dans son vin. Début janvier, je l'ai appelé pour lui donner le programme de l'émission qu'on enregistrerait le 5 février. « Hâte d'y être », m'a-t-il claironné. Le 7 janvier au matin, eut lieu la tuerie de *Charlie Hebdo*, où Philippe tenait une chronique et où, ce jour-là, il fut gravement blessé au visage par ceux qu'il appela « les tueurs aux jambes noires ». Dix jours plus tard, depuis l'hôpital de la Salpêtrière où il allait subir cinq opérations successives, il m'envoya un mail : « Quand j'en bave trop, au propre comme au figuré, je me rappelle que je devrais être mort, que les balles ne m'ont épargné le pire à l'intérieur du pire que par le miracle des trajectoires. » Une semaine plus tard : « Ce soir, j'écouterai le *Masque* depuis mon lit, avec mes écouteurs. » Et, à la veille de subir une greffe osseuse (« un bout de péroné à la place de ce qui manque de mâchoire et de menton ») : « Je compte bien revenir parmi vous aussi vite que possible. Une fois l'opération effectuée et les cicatrisations faites, ce sera le travail avec la kiné qui me rendra, j'espère, la meilleure élocution. » Bravoure et panache.

Cet hiver-là, j'ai pris l'habitude, chaque mercredi, de lire sa page dans *Charlie Hebdo*, de la découper et la conserver précieusement. Et chaque mercredi, j'éprouvais la même émotion, teintée d'admiration, et la même conviction : c'était un livre incroyable, qui s'écrivait semaine après semaine, chapitre après chapitre, et presque à l'insu de Philippe. Sa chronique s'intitulait *Dans le jacuzzi des ondes*, mais le vrai titre, qu'il aurait pu emprunter à Maylis de Kerangal et mettre au singulier, c'était plutôt *Réparer le vivant*. Désormais membre du « clan occasionnel des mâchoires qui ont chu », il s'y compare à un trappiste ayant fait vœu de silence – « Les mots ont tout le poids de leur absence » –, décrit les opérations, les autogreffes qu'il subit, rend hommage à sa « formidable chirurgienne », en appelle à « l'humoriste Kafka », son nouveau « compagnon de route », raconte ses premières et titubantes sorties de cicatrisé dans les jardins de la Salpêtrière, entre deux bien nommés gardes du corps. Il confesse noter chaque phrase « comme si c'était la dernière ». Il dit aussi : « Écrire est une longue maladie », sans oser ajouter que c'est également une très vieille et toujours souveraine thérapie. Sans doute ces « Works in progress » seront-ils un jour rassemblés ; en attendant, on les lit, en pages détachées, dans *Charlie*, comme autrefois, dans la

NRF, les *Papiers collés* de Georges Perros. Lui aussi s'était fait « un non » et avait utilisé, à l'hôpital, une ardoise magique.

Lorsque je suis allé lui rendre visite, dans un autre hôpital parisien où on le soignait, où il revenait à la vie au milieu des livres et des disques – il était plongé dans la *Correspondance générale* de Chateaubriand et écoutait Glenn Gould en boucle –, je lui ai proposé de m'écrire un petit texte que je lirais au début du *Masque et la Plume* enregistré, quelques jours plus tard, au Festival d'Avignon, où il me manquerait, où il nous manquerait. Il l'a rédigé dans la nuit.

« Chers compagnons du *Masque et la Plume*, je vous écoute avec un plaisir qui me rappelle à ma vieille condition, non pas de patient, mais d'auditeur. J'espère, dans quelques mois, traverser de nouveau la barrière des ondes et faire en sorte que ma modeste voix, unie aux vôtres, rende justice au théâtre. Cette voix est – presque – de retour ; mais l'articulation fatigue encore un peu vite, et je ne voudrais faire croire à personne que, si l'on ne me comprend pas, c'est parce qu'on est sourd. Je regrette de ne pas être à Avignon. Je sais que dans vos échanges sur place vous serez emportés, féroces, enthousiastes, endurants, curieux, drôles, justes et injustes, plus que jamais vous-mêmes, un pour tous et tous en scène – pour la scène. Si vous ne l'étiez pas, votre gage sera d'être enfermés, dans une pièce hermétique, pendant quinze heures, et par temps de canicule, face à un monologue d'Olivier Py. Amitiés d'un critique en stand-by.» Ce dimanche-là, les centaines de spectateurs amassés dans la cour du musée Calvet d'Avignon ont couvert, par leurs applaudissements, le chant des cigales.

Nerson (Jacques) : L'homme, très secret, est charmant, délicat, attentionné, mélancolique, fin lettré, chineur invétéré, Biarrot d'adoption, mais il a une réputation de cogneur et on lui prête volontiers une cruauté de procureur. Adolescent, il voulait être acteur : à quinze ans, il entra avec une dispense d'âge au Conservatoire de Lyon, sa ville natale, et à dix-sept, à l'École de la rue Blanche, la ville de ses ambitions. Il se flatte encore d'avoir fait de la figuration à la Comédie-Française, où il fut un Cadet de Gascogne dans le *Cyrano de Bergerac* mis en scène par Jacques Charron (l'avantage, assure-t-il, est qu'on nourrissait bien les apprentis comédiens après le siège d'Arras). Lui qui, à l'époque, afficha des opinions de gauche s'est donné aujourd'hui l'image d'un réactionnaire bon teint. Il est vrai que je l'ai accueilli à la tribune du *Masque* au début des années quatre-vingt-dix, lorsqu'il tenait la chronique dramatique du *Figaro Magazine*, période Louis Pauwels et «sida mental». Les innombrables courriers outrés des auditeurs, qui me reprochaient d'avoir introduit le loup dans la bergerie et rompu le pacte radical-socialiste de l'émission, m'ont au contraire conforté dans mon choix. Jacques n'était pas seulement bon à la tribune, il contrariait aussi le ton consensuel des débats. Et il avait le courage de ses opinions : quand il déclarait par exemple préférer Anouilh à Beckett et Giraudoux à Brecht, il provoquait l'ire collective de Guy Dumur, de Brigitte Salino, de Gilles Costaz, et récoltait en prime des sifflets dans l'assistance. Avec le temps, qui abolit les extrêmes et réconcilie les partis, la plupart des polémiques idéologiques ont disparu, au seul profit des querelles esthétiques. Devenu metteur en scène (notamment de Christian Giudicelli), Jacques est d'ailleurs passé de *Valeurs actuelles* à *L'Obs* aussi naturellement que s'il avait déménagé, dans Paris, d'un quartier l'autre. Reste, chez cet héritier de Gilles Sandier, une franchise sans apprêt, une sévérité sans nuances, un mépris pour la complaisance, le copinage, l'entre-soi, et surtout ce qu'il appelle le mauvais théâtre. Une attitude qui a souvent nui à sa carrière, mais a toujours profité au *Masque et la Plume.*

Tournées

C'est peut-être lorsqu'il se décentralise – jamais assez, à mon goût – que *Le Masque et la Plume* sonne le plus juste. Il va alors à la rencontre du public qui l'écoute sans jamais le voir et qui l'accueille comme un fils prodigue. Nous n'étions que des voix, et nous avons des corps. Certains d'ailleurs nous appellent par nos prénoms et nous touchent pour s'assurer qu'ils ne rêvent pas. Ils n'imaginent pas un instant que la réplique est vraie : car ces auditeurs de la France entière auxquels on s'adresse chaque dimanche, on ne les connaît pas davantage. Et voici que soudain la foule des fidèles toujours au rendez-vous, comme disait Barbara, a un visage. Elle se montre, et elle nous sourit. Plus les années passent, plus ce sourire m'émeut. Car il est plein d'histoires personnelles, de souvenirs tus, de complicité inexprimée et, parfois, de gratitude.

On se doit d'être à la hauteur de leur attachement. On ne doit pas les décevoir. Alors, on a un peu plus la frousse que d'habitude. Dans le train ou l'avion qui nous amène, j'ai aiguillonné les critiques, je les ai exhortés à donner le meilleur. J'ai l'impression de diriger une petite troupe de théâtre itinérant. Cela me rappelle le temps lointain où ma comédienne de femme, Anne-Marie Philipe, d'un grand bond d'antilope, montait dans le car des tournées Baret pour jouer *L'Annonce faite à Marie* et porter la parole de Claudel de ville en ville, de Dunkerque à Nice. Nous, c'est plutôt *Les Dégourdis de la 11*ᵉ, d'André Mouëzy-Éon et Georges Daveillant. Et si mes acteurs d'un soir n'ont pas de texte à apprendre, du moins ont-ils des rôles à tenir. Ces rôles que le temps radiophonique a lentement fabriqués, parfois à leur insu, et qui dessinent toute la gamme invisible des sentiments, des caractères, des idiosyncrasies : il y a le gentil, le méchant, le grincheux, le cynique, le dilettante, le méticuleux, l'extravagant, le séducteur, le susceptible, le raisonneur, l'affectueux, l'exigeant, l'indulgent, j'en oublie. Les spectateurs ne veulent pas seulement jauger les critiques en chair et en os, ils veulent aussi que les emplois soient respectés. Il faut que le spectacle représente ce qu'ils écoutent à la radio. Il ne faut pas leur mentir.

Vient l'heure d'entrer en scène, et c'est toujours le même choc. Grandeur des lieux – l'Opéra national de Lorraine, place Stanislas, à Nancy, et son millier de fauteuils pourpres occupés jusqu'au poulailler, ou l'immense salle du conseil de l'hôtel de ville de Lyon, ouverte pour la fête des

Lumières. Beauté obscure des théâtres de Brive, de Brest ou du casino de Biarritz, où nous allons jouer *Le Masque* dans nos habits de tous les jours. Chaleur des vieux cinémas qui, à Pau, Lisieux ou Orléans, opposent aux multiplexes une programmation de films rares, exigeants, désargentés, en VO, et nous reçoivent, au pied de leur écran, comme s'ils attendaient qu'on donne des arguments à leur ferveur.

Orléans, je m'en souviens, c'était un soir d'hiver glacial. D'abondantes chutes de neige paralysaient la France. Presque tous les trains avaient été annulés. Dans le nôtre, qui traversait lentement une nuit immaculée, j'avais prévenu les critiques Danièle Heymann, Michel Ciment, Frédéric Bonnaud et Alain Riou : cette fois, ne comptez pas sur le public. Calfeutré chez lui, il ne viendra pas, on le comprend. La météo est contre nous. Devant la gare d'Orléans, pas de taxis, pas de voitures, pas d'accueil, les rues ressemblaient à des patinoires. Saisie par le froid, notre escouade de grognards napoléoniens, retour de Moscou, avait glissé, en se tenant par le bras pour ne pas tomber, dans une ville blanche, vidée de ses habitants. Le moral était au plus bas. Et puis on avait aperçu la façade éclairée du cinéma des Carmes et la foule qui se pressait pour entrer, qui nous applaudissait comme si l'on revenait d'un marathon olympique – il n'y eut pas, ce soir-là, assez de places pour tout le monde. Je ne sais même plus à propos de quels films on s'échauffa, mais je sais que l'atmosphère fut exceptionnellement calorifique et que ce fut, pour nous, l'occasion de vérifier les vertus fédératrices du septième art et celles, œcuméniques, du *Masque et la Plume*.

Usure

Le Masque et la Plume n'est pas la seule émission de radio à défier le temps et résister à son usure. Il existe, chez nos voisins britanniques, un programme encore plus ancien (de cinq ans) et qui fait toujours les belles heures de la BBC : *The Archers.* Ce feuilleton quotidien, né en 1950 avec la bénédiction du ministère de l'Agriculture et suivi aujourd'hui par cinq millions de fidèles, met en scène des fermiers anglais de la région des Midlands, dans le village imaginaire d'Ambridge, où s'opposent, sur plusieurs générations, deux familles, l'une pauvre et rurale, les Grundy, l'autre appartenant à la classe moyenne, les Archers. La série compte à ce jour plus de dix-sept mille épisodes de douze minutes chacun, le dimanche étant dévolu à un best-of. Il n'est pas interdit de voir, dans le pub à l'ancienne où se retrouvent les personnages de ce soap-opera pour boire, s'apostropher, rire et régler des comptes, une allégorie, à peine plus alcoolisée et champêtre, du studio Charles-Trenet.

Vaches

Vingt ans avant de mettre en scène les *Instants critiques* du *Masque et la Plume*, François Morel publia *Meuh !*, une fable aussi jolie qu'édifiante, à lire évidemment « d'une traite ». L'histoire d'un garçon de province, Philippe, qui se réveille un beau matin dans la peau d'une vache, Blanchette. Tout en ruminant, Blanchette, qui est philosophe, persiste à boire du thé, fumer la pipe, visiter les musées et lire la *Lettre à un jeune poète*, de Rilke. Alexandre Vialatte tenait pour sa part que cet animal n'est pas bête. La preuve : « La vache repense au foin qu'elle a dans la panse et ça lui revient. » Et Roland Dubillard raconte, dans *Olga ma vache*, comment un homme s'éprend d'une bonne grosse laitière, la loge chez lui, en plein Paris, et décide de la lancer dans le monde du spectacle, d'en faire une vedette.

Ces trois auteurs auraient aimé les longues lettres à l'écriture appliquée et à l'humour champêtre que, à partir de mai 1997, m'envoya Olivier Delabouglise. Ce jeune agriculteur du Ronchois

(Seine-Maritime) possédait quarante vaches pie, des prim'holsteins, qu'il avait baptisées « les Garcinettes », et dont il me joignait l'avenante photo de groupe. Chaque dimanche soir, à l'heure où il les nourrissait, il allumait son transistor dans l'étable, tirait l'antenne et leur imposait l'écoute intégrale de l'émission. De cette expérience, il tirait des observations qu'il s'empressait d'exposer dans ses courriers, que je m'empressais de lire à l'antenne. Extrait, parmi d'autres : « Figurez-vous que si votre gentille impertinence et vos mots d'esprit laissent de marbre la plus grande majorité de mes ruminants, j'ai constaté, interloqué, que trois vaches, contre tout ordre naturel bien compris, préféraient laisser leur auge pour approcher du transistor dès que le ton velouté de votre organe venait caresser leurs oreilles. En revanche, dès que vous donniez la parole à Olivier Schmitt (alors critique dramatique au *Monde* et au *Masque*), mes trois vaches cultivées fuyaient dans un vent de panique à l'autre bout du bâtiment avant de revenir à pas comptés, la narine tremblante et l'oreille aux aguets. Je vous serais reconnaissant de bien vouloir demander à M. Schmitt de se mettre en relation le plus rapidement possible avec le centre de biologie moléculaire de l'INRA. »

En janvier 1998, M. Delabouglise dut faire face à un problème que ma lecture de sa première lettre avait, à mon insu, provoqué : « Hélas, mille fois hélas, la vaniteuse gloriole de s'entendre citer dans le poste ébranle jusqu'aux cornes des bovins les plus placides. Le résultat est affligeant, autant qu'éprouvant pour votre serviteur. Sachez que mes vaches exigent désormais de pouvoir apprécier par elles-mêmes l'objet de vos critiques, se refusant à me donner leur lait si je ne cédais pas à leurs revendications. J'ai dû apprendre à traire d'une main, pour, de l'autre, tenir le livre que je devais leur déclamer à haute voix, de *La Compagnie des trèfles* jusqu'à *La Première Poignée de foin et autres plaisirs minuscules*, de Philippe de l'Herbe. » Il ajoutait, en post-scriptum, une petite annonce, que je relayai aussitôt : « Recherche, sur Seine-Maritime, salle de cinéma pouvant accueillir des spectatrices de six cents à huit cents kilos. »

Dans un ultime courrier, daté de février 1998, l'éleveur du Ronchois m'apprit que l'appel du *Masque* avait été entendu. L'exploitant d'une salle en déshérence avait en effet proposé de l'ouvrir à son lourd troupeau au prétexte légitime que, « les bœufs préférant la télé, autant offrir le cinéma aux vaches ». On voit par là que M. Delabouglise avait de l'esprit et de la suite dans les idées. En pianotant sur Internet, j'ai appris qu'il était mort, en février 2015, d'une longue maladie, à l'âge de cinquante-quatre ans. L'avis de décès précise que le « vice-président de Prim'Holstein France était un homme constamment investi dans la défense des intérêts des éleveurs ». En effet.

D'autres tentatives ont été faites, avec d'autres animaux et dans d'autres régions de France, pour répandre la bonne parole dominicale dans les campagnes, mais les résultats n'ont jamais été assez probants pour qu'on demande à des éthologues d'étudier les effets, dans les stabulations et les basses-cours, du *Masque et la Plume.* Seul Jean-Louis Ezine, qui se vante d'être le parrain de Marguerite, une vache de Livarot, prétend que l'émission ajoute à la production et la qualité de son lait. Mais faut-il vraiment croire ce que dit Jean-Louis ?

Verbatim

« Dans le métier que nous faisons, il y a un côté flic, sinon magistrat, qui me déplaît énormément, mais enfin, il faut être courageux : non, je ne l'aime pas, ce roman poétique qui mélange tous les genres et qui est illisible. »

Jean d'Ormesson, en 1958, à propos de *La Lézarde*, d'Édouard Glissant.

« Est-ce que vous n'avez pas été gênés de voir ce ramassis, cette horde de pauvres biquets et de minettes mystifiés, aliénés, payés d'ailleurs un cachet assez modique, s'escrimer laborieusement sur scène, s'exhiber en prenant un plaisir misérable à se foutre à poil ? »

Gilles Sandier, en 1968, à propos de la comédie musicale *Hair*.

« Dès que Katharine Hepburn pleure, je broute mon fauteuil de désespoir ! Du point de vue strictement cinématographique, c'est hyper-conventionnel. Du point de vue racial, c'est d'une monstrueuse hypocrisie. Une foutaise ! »

Jean-Louis Bory, en 1968, à propos de *Devine qui vient dîner*, de Stanley Kramer.

« C'est là où Charensol offre le spectacle le plus abominable qu'est le Français poujadiste non intellectuel ! »

Jean-Louis Bory, en 1969, à propos de *Théorème*, de Pier Paolo Pasolini.

« Peu de temps après avoir vu *La Grande Bouffe*, je nageais dans la mer de Cannes, et je me suis trouvé très exactement nez à nez avec une botte de poireaux d'un côté et un étron de l'autre : j'étais dans *La Grande Bouffe*, je n'avais qu'à me retourner vers le Carlton... Et si les gens l'ont très mal pris à Cannes, c'est que, justement, ils étaient des personnages de *La Grande Bouffe*. »

Jean-Louis Bory, en 1973, à propos de *La Grande Bouffe*, de Marco Ferreri.

« Ça trempouille dans deux sirops parfaitement vomitifs. D'abord, le sirop de la couleur, une sorte de chocolat bignasse à vomir. Et un autre sirop, qui est la musique de Maurice Jarre, tout aussi vomitive. »

Jean-Louis Bory, en 1978, à propos de *Jésus de Nazareth*, de Franco Zeffirelli.

« Daniel Mesguich est un enfant mal élevé qui coupe sans cesse la parole à Racine pour dire :

"Regardez comme je suis intéressant, comme j'ai bien compris ses intentions secrètes." C'est effrayant. »

Jacques Nerson, en 1999, à propos d'*Andromaque*, montée par Daniel Mesguich.

« Ce livre-là est moins violent, moins désaxé que d'habitude, ce qui expliquerait d'ailleurs qu'aux yeux de certains, il soit sans intérêt. Il y a même un petit côté authentique qui apparaît de temps en temps. Mais c'est cette authenticité à la mode, un peu comme les œufs que vous achetez au supermarché et sur les boîtes desquels est écrit : "Pondu sur la paille. Ramassé à la main." Et là, je m'interroge. En quoi la nature de l'œuf, l'être de l'œuf, le *Dasein* de l'œuf est-il concerné si peu que ce soit par le fait qu'il est pondu sur la paille et ramassé à la main ? Angot, c'est pareil. C'est un Angot pondu sur la paille et ramassé à la main. »

Jean-Louis Ezine, en 2006, à propos de *Rendez-vous*, de Christine Angot.

A.R. : « On dit que l'homosexualité est contre nature. Voilà un film qui nous prouve, au contraire, qu'elle est *dans* la nature puisque le film commence par de magnifiques images de paysages et d'animaux. C'est un film sublime. »

M.C. : « Moi, je me suis ennuyé. C'est une tarte à la crème de dire que le western se résume à des histoires d'homosexualité rentrée ou implicite. Là, ils sont sortis de l'étable, plutôt que du placard, et vivent leur passion. Mais s'il s'était agi d'une fille et d'un garçon, on aurait jugé le film abominablement cucul.

A.R. : « Et si ma tante en avait, on l'appellerait mon oncle ! »

Alain Riou et Michel Ciment, en 2006, à propos de *Brokeback Mountain*, d'Ang Lee.

« Notre président le sait, en France, il faut tâter le cul des vaches pour réussir en politique. C'est vrai aussi dans le cinéma : vous mettez un tracteur, un paysan et des vaches, et c'est le succès populaire assuré. Ce film est d'un vide sidéral, mais la recette agricole m'intrigue. »

Michel Ciment, en 2006, à propos de *Je vous trouve très beau*, d'Isabelle Mergault.

A.V. : « Il y a une pensée d'Éric Zemmour, le problème, c'est qu'elle est moyenâgeuse. »

M.C. : « Tu es désobligeant pour le Moyen Âge. »

Arnaud Viviant et Michel Crépu, en 2006, à propos du *Premier Sexe*, d'Éric Zemmour.

« Spielberg propose un énoncé assez dur de ce qu'est le rapport à sa terre, à sa maison, à sa mère, à sa… Golda Meir. »

Jean-Marc Lalanne, en 2006, à propos de *Munich*, de Steven Spielberg.

« Tu dis que le garde-chasse fait penser à Marlon Brando, moi il m'a fait penser à

Dominique Strauss-Kahn. Il avait la même gueule quand il regardait Ségolène Royal dans les débats du PS. Et c'est tellement mal filmé qu'on a l'impression d'être revenu au temps des dramatiques de l'ORTF. »

Éric Neuhoff, en 2006, à propos de *Lady Chatterley*, de Pascale Ferran.

« *La Vie d'Adèle*, ce sont *Les Petits Mouchoirs* à Lille, chez les lesbiennes. Une bluette entre deux gourdiflottes, une lycéenne un peu enrobée et une artiste aux cheveux bleus – en province, quand on a les cheveux bleus, c'est qu'on est une artiste. Lorsqu'elles font l'amour, on dirait la bagarre entre les deux types à poil dans *Borat*. C'est indigent et trop long. Il faudrait offrir une montre et une paire de ciseaux à Abdelatif Kechiche. »

Éric Neuhoff, en 2013, à propos de *La Vie d'Adèle*, d'Abdelatif Kechiche.

J.-M.L. : « On dirait que c'est un ordinateur qui a écrit le scénario de ce bulldozer. Cette famille de malentendants filmée comme des Bisounours, c'est dégoulinant, dégoûtant, asphyxiant. »

E.N. : « C'est d'une vulgarité comme je n'en ai pas vu depuis longtemps au cinéma. C'est surtout vexant pour les sourds-muets qui passent pour des obsédés sexuels, insultant pour les paysans qui semblent mettre leurs bras pendant des heures dans le cul d'une vache et dégradant pour le public à qui on ose montrer un film pareil. »

Jean-Marc Lalanne et Éric Neuhoff, en 2014, à propos de *La Famille Bélier*, d'Éric Lartigau.

« Ce n'est pas seulement un très mauvais spectacle, c'est aussi la preuve qu'Isabelle Adjani ne sait plus jouer au théâtre. »

Jacques Nerson, en 2014, à propos de *Kinship*, de Carey Perloff.

J.-L.E. : « Voici, après *La Liste de mes envies*, la liste de mes emmerdes. Soit un abreuvoir lacrymal auquel viennent boire tous les assoiffés du pathos. »

A.V. : « C'est la vie en rose, même quand elle est en noir. »

J.-C.R. : « C'est de la littérature de toile cirée. Passez un coup d'éponge, et il n'en reste plus rien. »

Jean-Louis Ezine, Arnaud Viviant et Jean-Claude Raspiengeas, en 2014, à propos de *On ne voyait que le bonheur*, de Grégoire Delacourt.

« C'est le pire livre du mois, le pompon du moi. On croirait une soirée diapo sur les tourments d'une pauvre petite fille riche. Je pose la question : quelle est la nécessité littéraire, pour un éditeur, de publier un livre comme ça ? »

Jean-Claude Raspiengeas, en 2015, à propos de *La Gaieté*, de Justine Lévy.

« Fred Vargas a inventé quelque chose que je résumerai ainsi : Harry Potter en train de sodomiser Simenon. Au niveau du commissariat, c'est Simenon. Et Harry Potter pour le réalisme fantastique. Et puis il y a un côté prendre un enfant par la main… »

Arnaud Viviant, en 2015, à propos de *Temps glaciaires*, de Fred Vargas.

« Ici, Arsène Lupin est toujours un gentleman-cambrioleur, mais il a en plus ce côté vulgaire des maîtres-nageurs. Petite, j'étais amoureuse de Georges Descrières, eh bien, lui aussi ressemblait à un maître nageur. »

Olivia de Lamberterie, en 2015, à propos de *La Nouvelle Vie d'Arsène Lupin*, d'Adrien Goetz.

« Des pastiches d'Arsène Lupin, il y en a eu une flopée depuis 1913. Il y a eu Pierre Boileau, il y a eu Thomas Narcejac, il y a eu Claude Varennes, il y a eu Michel Zink… On pourrait même les numéroter. Ce n'est plus le gentleman-cambrioleur, c'est le gentleman cambriolé. Voici donc, avec Adrien Goetz, le pastiche 51 ! »

Jean-Louis Ezine, en 2015, à propos de *La Nouvelle Vie d'Arsène Lupin*, d'Adrien Goetz.

Widaux (Lucile)

« Cher Masque, cher Jérôme, je vous écris pour vous dire merci, tout simplement. J'ai aujourd'hui vingt-sept ans et je vous écoute depuis mon enfance. Cela a commencé dans la cuisine de la maison familiale, où nous vous écoutions avec grand plaisir, mes parents, ma petite sœur et moi. Nous nous délections de vos engueulades, vos réprimandes, vos fous rires, que de bons souvenirs !

Vos voix m'accompagnent depuis cette période, tous les dimanches soir. Quinze ans plus tard, je vous écoute toujours depuis Seattle (USA), où je vis avec mon mari, mais c'est le lundi matin et en podcast. Le temps a séparé mes parents, mais en fermant les yeux, je nous revois, mes parents, ma sœur et moi, dans la cuisine aux carreaux bleus et blancs, morts de rire en vous écoutant. Merci encore. À dimanche prochain, pardon, à lundi prochain.

Lucile »

Xanax

Guy Dumur, le critique dramatique du *Nouvel Observateur*, m'avait confié un jour qu'il ne prenait jamais de puissants somnifères, sauf dans la nuit qui précédait l'enregistrement du *Masque et la Plume* – « pour oublier tout ce que je devrais dire » – et dans celle qui la suivait – « pour oublier tout ce que j'aurais dû dire et que je n'ai pas dit ». Dans le premier cas, il tentait de raisonner ses appréhensions et, dans le second, essayait de discipliner ses regrets. Une telle affectivité m'avait surpris de la part d'un homme avantageux qui avait la verve des grands conférenciers et dont rien ne pouvait laisser accroire qu'il était sujet à cette angoisse de la perfection dont Stendhal écrivait, à propos de Lucien Leuwen : « Vous avez cent fois trop d'esprit pour ces animaux-là. Vous tendez vos filets trop haut. » Il est vrai que la fréquentation quotidienne des salles de théâtre et la compagnie de ses amis comédiens ajoutaient d'abord à son trac, ensuite à sa faculté d'autocritique. Entre les deux, Guy feignait très bien la désinvolture, voire l'insouciance.

Depuis un quart de siècle, j'ai vu passer, à la tribune, près d'une centaine de critiques dans toutes les disciplines (cinéma, théâtre, littérature, opéra, et même télévision), mais je n'en connais aucun qui n'ait été, à des degrés divers, rongé par l'inquiétude de devoir en même temps affronter le public, briller avec (ou contre) ses consœurs et confrères, avoir de la repartie, imposer ses idées et son personnage. Même les plus vieux routiers de la radio, habitués au confort amniotique du bocal d'un studio, me confient être tétanisés, au Charles-Trenet ou au Sacha-Guitry, par le mur des spectateurs qui, selon eux, les jugent et les jaugent. Et tous, même lorsqu'ils en sourient et s'en amusent, me parlent d'une épreuve et d'un défi propres à cette émission, à son singulier dispositif et au poids sournois de sa légende.

Les uns avouent tâter du Temesta, voire du Xanax, qui soulage de « l'anxiété excessive », du « trouble panique » et de « la phobie sociale ». D'autres carburent au verre de vin blanc préalable dans un bistrot de l'avenue de Versailles et fument, sur le parvis de la Maison de la Radio, la cigarette du condamné. D'autres encore, tels des enfants conduits à l'école, se font accompagner par des parents ou des amis, qui leur tiennent la main. Et dans les heures qui suivent l'enregistrement, je reçois souvent, sur mon portable, des textos pleins de repentances : « Pardonne-moi de n'avoir pas été bon, ce soir», «J'ai manqué de réactivité, je m'en veux» ou «Je te promets que je serai meilleur la prochaine fois…».

Il me suffit d'observer mes amis critiques descendre, avec d'infinies précautions, les marches du studio ou les monter ensuite dans un état somnambulique ; il me suffit aussi de les voir applaudir le public qui les applaudit à la fin de la *représentation*, pour avoir la preuve émouvante, lorsqu'il m'arrive d'en douter, que je suis bien à la tête d'une troupe de théâtre, d'une petite Comédie-Française.

Yosekuma Terakasan
(Guillaume de Fonclare alias)

Dans le courrier du *Masque*, je reçus, le 29 juin 2003, un haïku en français d'un auditeur japonais, Yokesuma Terakasan, que je m'empressai de lire au début de l'émission :

Riou et Bonnaud
Animés du même cœur
Embrasent l'âme.

À la fin du mois d'août de la même année, une lettre m'intrigua. Elle était signée sœur Marie-Caroline, une religieuse de l'ordre des Augustines : « Si j'avais eu un fils, j'eusse aimé qu'il vous ressemblât. Sachez que votre culture et votre délicatesse ont su charmer une femme de Dieu. » J'eus un frisson. Elle me confessait aussi que, à la suite d'un débat très animé sur *Matrix*, d'Andy et Lana Wachowski, elle était allée voir ce film de science-fiction pour se faire, nom de Dieu, sa propre opinion. C'était la première fois, depuis la projection de *Thérèse*, d'Alain Cavalier, qu'elle entrait dans une salle obscure, où son habit et son voile avaient surpris les spectateurs. « Je n'ai pas perdu mon après-midi, car Keanu Reeves est, ma foi, un fort charmant jeune homme. » Nouvelle lecture, dans le courrier rituel de l'émission.

Je n'ai pas cité à l'antenne, en revanche, le message posté quinze jours plus tard par un gardien du zoo de Vincennes. Il souhaitait en effet demeurer anonyme, et j'ai pour principe de ne jamais rendre publique une lettre ou un mail dont il est impossible d'identifier l'auteur. Ce gardien voulait porter à ma connaissance une scène quotidienne, dont il était le témoin ému et dont le héros très discret était un critique littéraire du *Masque*. Chaque matin, à l'ouverture, un homme marchait vers l'enclos aux girafes, où Lamba l'attendait : « Elle baisse son long cou, ses yeux frémissent dans les battements de ses longs cils. Michel Crépu sort de dessous son manteau la maigre branche feuillue qu'il a apportée et la lui tend dans un geste maladroit. Elle courbe sa tête tachetée et il touche son front. Nous comprenons enfin ce qu'aimer veut dire. »

Ce gardien anonyme, on le pressent, n'existait pas plus que le poète nippon ou la moniale cinéphile. C'était l'un des nombreux avatars dont usa, pendant deux années, un auditeur assidu, voire obsessionnel, qui résidait alors rue Delpech, à Amiens. Il était doué non seulement pour inventer des correspondants imaginaires, mais aussi pour leur prêter des styles très variés et, ma foi, fort convaincants. Il était donc doué pour me duper et me faire prendre des vessies pour des lanternes. Car combien de fois ne suis-je pas tombé dans les savants pièges postaux qu'il me tendait ? Au fil des semaines, il se déguisa ainsi en Huguette Salouel, qui condamnait « l'attitude discourtoise de Jacques Nerson envers Armelle Héliot » et le traitait de « mufle » ; en Stanislas Cléry, un lycéen de 1re S jugeant qu'Alain Riou « arrachait sa mère grave », que Frédéric Bonnaud, alias Bonobo, « craquait son slip », et que Jean-Marc Lalanne devait fumer trop de pétards ; en Gérard Bacouel, de Tailly-L'arbre-à-mouches (80270), déclarant sa flamme à Danièle Heymann, « belle-mère rêvée, belle-doche top classe » ; ou encore en aristocrate creusois reprochant à Frédéric Beigbeder, alors critique littéraire au *Masque*, de mépriser avec une morgue parisienne son charmant département, et à Arnaud Viviant, qui avait dit d'un livre : « Ça ressemble à une masturbation de vieillard, c'est rapide et mou », de venir sans tarder rendre visite à son père cacochyme afin de « terminer la besogne ». Sans oublier un certain Aloïs de Valloires, qui versifiait son enthousiasme et poétisait sa longue fidélité au *Masque* :

Tous les dimanches soir, pour une heure seulement,
La vie suspend son cours, elle s'arrête un moment.

Les joutes et les combats des critiques habiles
Nous font croire un instant que rien n'est difficile.

D'abord l'Ineffable, voilà Jean-Louis Ezine,
Le lecteur suprême, celui qui seul devine,
D'un coup d'œil assuré qualités et défauts,
En ouvrant un livre, en en lisant trois mots.

Ce qu'Olivia embrase, Patricia l'éteint,
Elles font de ce salon le plus beau des jardins,
Mêlant charme et beauté, elles font frémir le cœur
Repoussant doctement masculines ardeurs.

Il aime des livres chacun des paragraphes,
Dont il prend le meilleur, lecteur jamais repu,
Qu'il récite le soir à sa Dame Girafe.
Dans l'ombre d'un bosquet se tient Michel Crépu.

Et pour habilement souligner les larcins
De ceux qui ne se tiennent qu'aux lectures virtuelles,
Il en fallait bien un, ni trop bon ni cruel,
À nul autre pareil, voici Jérôme Garcin.

C'est en octobre 2002 que cet épistolier masqué et plumé me prit, semaine après semaine, dans les mailles de ses filets, où je gigotais avec plaisir et un peu de gêne. Une semaine auparavant, j'avais en effet commis, au micro, une bourde grammaticale impardonnable et, avec le recul, assez inexplicable. J'avais parlé d'une proposition – distribuer gratuitement du champagne dans les campings – qui « résolverait bien des problèmes ». Une faute que personne n'avait relevée ou, tellement elle était énorme, n'avait osé relever. Personne, fors Sullian de Crouzet, qui m'écrivit une lettre accablée, dont le propos me fit rougir de honte. Il m'expliquait que j'étais devenu, au fil des ans, « le Jupiter de [son] Panthéon culturel » et que j'avais même converti sa mère à la fois à France Inter et au *Nouvel Observateur*, auquel elle s'était abonnée. « Vous étiez donc pour moi l'assurance vivante et incontestable de l'existence de Dieu. Jusqu'au dimanche 20 octobre 2002... » Sullian de Crouzet, dont la mère avait perdu ce soir-là ses illusions et son idole au point de frôler la dépression, m'intimait l'ordre de « conjuguer le verbe "résolver" à tous les temps ». Pour mieux battre ma coulpe et présenter mes excuses aux auditeurs, je lus intégralement ce courrier assassin devant un public hilare, et un peu compatissant. Je ne pouvais alors imaginer que, galvanisé par les rires que sa prose et ses admonestations avaient déclenchés, le mystérieux justicier chercherait désormais, sous d'innombrables noms d'emprunt, toutes les occasions d'épingler l'animateur ainsi que les chroniqueurs d'une émission dont il surveillait de près les écarts de langage ou de pensée, les dérapages contrôlés ou incontrôlés.

Vint enfin le jour, auquel je ne m'attendais pas, de la confrontation. C'était, je m'en souviens, au printemps 2003. Je venais de publier

Théâtre intime, une déclaration d'amour à la femme de ma vie, à la comédienne de mon cœur, et j'avais été invité à en parler à la librairie Martelle d'Amiens. Un lecteur, qui habitait cette même ville, m'avait adressé auparavant chez mon éditeur, Gallimard, une belle lettre dans laquelle il me disait pourquoi mon livre l'avait touché et qu'il rêvait, lui aussi, de pouvoir déclarer sa flamme, par écrit, à celle qu'il aimait. Il s'appelait Guillaume de Fonclare. Un nom moyenâgeux que je croyais sorti des *Visiteurs*, quelque part entre Godefroy de Montmirail et Fulbert de Pouille, et que, pour le coup, je jugeai suspect, alors qu'il était tout à fait authentique.

Chez Martelle, à l'instant des signatures, un homme timide de trente-cinq ans, haut de deux mètres, carré comme un rugbyman, attendit que j'en eusse fini avec les dédicaces pour se présenter à moi. Il me tendit son exemplaire de *Théâtre intime* et, plus droit qu'un horse guard, me déclara en plongée : « Je suis Guillaume de Fonclare. Mais je suis aussi Sullian de Crouzet, Jean Cagny, sœur Marie-Caroline, Ernest Boves, Gérard Bacouel, Huguette Salouel, le gardien du zoo de Vincennes, Yosekuma Terakasan, d'autres encore... » Nous sympathisâmes aussitôt. Il m'avoua que *Le Masque et la Plume* avait marqué le début de ses ambitions littéraires : ses impostures radiophoniques, qui commandaient de subtils exercices de style, l'avaient encouragé à écrire maintenant des romans, des nouvelles, des récits. En me trompant de si jolie et insolente manière, il cherchait donc sa vérité.

Les années passèrent. Nous correspondîmes souvent par mails. Des mails rieurs et insouciants, dans lesquels il me parlait de sa femme adorée, Céline, et de ses deux enfants, Daphné, qu'il initiait à l'équitation, et Colin, qui l'accompagnait à la pêche. Des mails plus graves aussi, où il me disait appartenir à une très vieille famille languedocienne de gentilshommes verriers et être le fils d'un saint-cyrien, militaire de carrière, qui s'était tué, en 1978, lors d'un crash d'hélicoptère, à Aix-en-Provence. Il avait dix ans quand le drame eut lieu et ne s'en était jamais remis. Je reçus ensuite de lui des textes prometteurs, mais inaccomplis. La littérature était encore, pour lui, une amie lointaine. Il était plus facile d'écrire au *Masque* que d'écrire sur soi. Et puis, un matin, il m'annonça en même temps qu'il prenait la direction de l'Historial de la Grande Guerre, à Péronne (Somme), et qu'il était atteint d'une maladie orpheline et neuromusculaire, de la famille des myopathies. Elle le faisait atrocement souffrir et le condamnait, dans un délai que les médecins étaient incapables d'estimer, à l'invalidité totale. « C'est ça, lui répondis-je, et rien d'autre, que vous devez écrire ! »

En janvier 2010, Guillaume de Fonclare publia son premier livre, aussi bref que tendu : *Dans ma peau*. Il y racontait comment l'exposition quotidienne de la douleur, même si elle ne l'atténuait pas, relativisait la sienne, et qu'au milieu des gueules cassées, des culs-de-jatte et des corps mutilés, sa grande carcasse brûlante n'osait pas trop se plaindre. Elle souffrait en aparté, elle hurlait en silence. Un silence à peine troublé par le chuchotement de son fauteuil électrique ou le bruit mat de sa canne sur laquelle il s'appuyait. Dans ce récit où il mêlait deux guerres, celle de 14-18 dont il était le conservateur, et celle de la maladie dont il était la victime, Guillaume de Fonclare écrivait que son corps était « un carcan » et qu'il avait le sentiment atroce d'être « la noisette d'un immense casse-noix qui [l]'enserre et [l]'écrase ». Je pensais, en le lisant, aux morsures des gravures d'Otto Dix, qui disait : « J'ai vu tout cela, il faut que je le peigne. »

Autour de lui, à Péronne, des fosses blanches remplies d'uniformes, de casques, de godillots, de fusils à répétition, de grenades, de mortiers de tranchée, de cisailles, de bêches, de masques à gaz, de prothèses de bras, de jambes, de nez, mais aussi, dans les champs voisins, des squelettes de Français et d'Allemands embrochés. Et en lui, une souffrance de chaque instant que même la morphine, injectée à hautes doses, ne parvenait pas à calmer. Ce géant empêché s'inquiétait alors de la surfacturation que l'achat de son cercueil entraînerait. Il avait cessé de se raser, sa main droite, où brillait une chevalière à ses armes, se refusant désormais à ce geste simple. Tout lui était devenu atrocement compliqué : marcher, dormir, rêver, manger, respirer, exister.

Depuis cette époque, Guillaume a démissionné de l'Historial, subi de nombreuses opérations et autant de biopsies musculaires, passé d'innombrables IRM et scanners, appris que sa pathologie singulière portait le nom écossais de McArdle et que c'était une glycogénose de type V : « Ma lente dégénérescence est inéluctable, mon corps m'échappe déjà. » Il a aussi publié un adieu à Serge, son ami de jeunesse suicidé par défenestration (*Dans tes pas*), et un fraternel hommage à Joë Bousquet (*Joë*), le poète du *Mal de l'enfance* dont la moelle épinière fut sectionnée par une balle allemande à Vailly, le 27 mai 1918, et qui vécut pendant plus de trente ans, à Carcassonne, dans la chambre obscure de la bien nommée rue de Verdun. Guillaume de Fonclare, qui se sent, à quarante-six ans, la carcasse d'un vieillard, ne connaissait pas Joë Bousquet. C'est la maladie qui l'a poussé, sur mes conseils, à découvrir sa vie brisée et son œuvre rêveuse. Dès lors, il a fait de lui un frère d'armes et de douleur auquel, en le vouvoyant, il s'adresse aujourd'hui : « Vous m'êtes devenu indispensable » ; « En sortant de chez vous, je n'ai jamais été aussi vivant » ; ou « J'aurais aimé avoir un ami tel que vous ».

Désormais, Joë l'allongé aide Guillaume à se tenir debout. Et comme s'il fallait une preuve supplémentaire que leur rencontre n'est pas due au hasard, c'est l'orthopédie qui l'a finalement apportée : au début du mois de septembre 2014, et pour la seconde fois, il s'est fait opérer de la hanche. Le chirurgien lui a posé, avec succès, une prothèse dite… de Bousquet. « C'est comme si Joë, m'a-t-il aussitôt écrit, me faisait cadeau de ses jambes, lui qui ne marchait pas. Maintenant que j'ai une paire de Bousquet pour poursuivre ma route, comment ne pas croire au destin, et comment ne pas croire que cette route sera belle, quoi qu'il m'en coûte ? » En somme, ces prothèses ont « résolvé » bien des problèmes. Elles lui ont même rendu le sourire qui transparaissait dans chacune de ses missives envoyées au *Masque et la Plume*, lorsqu'il avait l'audace amusée des bien portants et la liberté des chevaux au pré, qui font des croupades sous les arbres. Il m'a d'ailleurs fait don d'une ravissante statuette japonaise du milieu du XIXe siècle toute laquée de rouge représentant un cheval fougueux. Il danse sur notre table basse. Je ne peux pas la regarder sans imaginer Guillaume au grand galop, et triomphant de la vie.

Zeugma

À la mi-août de 2014, le studio Charles-Trenet est comble (selon une loi biologique et météorologique immuable, chaque été, lorsque la capitale se vide, la Maison de la Radio se remplit). Ce soir-là, il est question de la rentrée littéraire. L'atmosphère est guillerette, au « Musc et la Palme ». On se croirait à Paris-plage, au coucher du soleil. Quand vient le moment de parler de *Et rien d'autre*, le gros roman de James Salter, Jean-Louis Ezine, d'ordinaire peu sensible à la littérature américaine, décide de trouver à cet écrivain-là toutes les vertus au prétexte, dit-il, qu'il possède l'art si français du zeugma. C'est, rappelle Jean-Louis, une figure de style qui consiste à faire dépendre d'un même mot « des choses qui n'ont pas de rapport ». Et pour étayer sa définition, Jean-Louis en appelle alors au maître du genre, Pierre Desproges, qui, pour se moquer de Saint-Exupéry, enquilla deux irréfutables zeugmas dans son *Dictionnaire superflu à l'usage de l'élite et des bien nantis* : « Après avoir sauté sa belle-sœur et le repas de midi, le Petit Prince reprit enfin ses esprits et une banane. » La salle s'esbaudit et applaudit dans un bruit de vagues qui retombent. Je suis alors très loin d'imaginer qu'en ce beau soir d'été, l'émission va provoquer une tornade dont, à l'heure où j'écris ces lignes, je n'ai pas fini de mesurer les hilarants, édifiants, surprenants effets.

Dès la semaine suivante, en effet, je reçois à France Inter quelques exemples de zeugmas prélevés, par des auditeurs, dans des romans de saison. Je les évoque dans le courrier rituel de l'émission, ce qui provoque une nouvelle salve de zeugmas, empruntés cette fois au cinéma, à la chanson et à la presse, où le raffiné côtoie le grivois et l'humour, l'émoi. Le feuilleton commence, il ne va plus s'arrêter. Après la France, ce sont les auditeurs suisses, belges, québécois, américains ou japonais qui s'exercent à cet exercice de pure rhétorique en dénichant, dans leur bibliothèque ou leur discothèque, de beaux, brillants et saignants zeugmas. Vient le tour des lycées et collèges où des professeurs m'expliquent avoir demandé à leurs élèves (de la 6e à la terminale) d'inventer des zeugmas, qu'ils rassemblent et m'envoient tels des reliquaires. Impossible de les citer à l'antenne, il y en a trop (plusieurs centaines chaque semaine) et j'avoue, tout en savourant mon bonheur d'avoir suscité un jeu transgénérationnel où la langue française est à la fête, ne plus savoir comment endiguer ce flot ininterrompu, qui se nourrit de sa propre abondance.

Dieu sait que j'en ai connu, des feuilletons que *Le Masque et la Plume* avait suscités, comme celui de *La Route*, de Cormac McCarthy, un roman dont nos auditeurs avaient fait, pendant plus de deux ans, leur livre de chevet, leur bible, leur religion ; ou celui sur le purin d'ortie (*voir Ortie*). Mais jamais je n'aurais imaginé qu'une simple figure de style deviendrait si populaire et que sa collecte quotidienne serait l'occasion d'une telle chasse aux trésors. Trois mois plus tard, après avoir publiquement remercié Jean-Louis Ezine d'avoir initié ce mouvement inédit, je reçus d'un auditeur, Clément Mifsud, le mail suivant :

« Cher Masque, chère Plume,

Je souhaite rétablir la vérité sur le formidable feuilleton des zeugmas. Malheureusement pour Jean-Louis Ezine, qui semble l'avoir lancé en août 2014, ce feuilleton est plus ancien et a été lancé par une visionnaire, en mai 2013 : Olivia de Lamberterie ! Effectivement, elle parle dans cette émission de la puissance littéraire d'*Inferno*, de Dan Brown, en citant ce zeugma : "Langdon sentit des mains fermes le soulever, le sortir des limbes et en même temps du taxi." Jérôme Garcin n'était vraisemblablement pas prêt, car entendant le mot zeugma, il parla d'une maladie. Olivia était-elle trop en avance sur son temps ? »

Preuve, une fois encore, que les fidèles du *Masque* en sont aussi les meilleurs historiens.

Et puisque j'ai souvent répété qu'avec tous ces envois, on pourrait publier un dictionnaire (on s'y attelle), voici, pour le plaisir, une infime sélection de zeugmas offerts à l'émission via la poste ou Internet :

Littérature :

Vincent Caumont (Lille) a trouvé dans *Mort à crédit*, de Céline : « Ils allaient jusqu'au couteau et au canal Saint-Martin pour régler la contradiction. »

Anne-Chantal Beaumard, dans *Claudine en ménage*, de Colette : « L'enseigne pompes funèbres et à incendie. »

Camille de Rijck (Bruxelles), chez Ambrose Bierce : « Le piano. Fonctionne en déprimant les touches de l'instrument et le moral de l'auditoire. »

Gaëlle Guyot-Rouge, dans le journal de Léon Bloy, *Au seuil de l'Apocalypse* (1916), cet ultime mot : « J'attends les Cosaques et le Saint-Esprit. »

Jean-Michel Bénard, dans *Évariste*, de François-Henri Désérable : « Le 27 juillet tombait un mardi, le 28 un mercredi, le 29 un roi. »

Jean-Luc Chagnon, dans *Les Muets*, d'Albert Camus : « Il sortit rapidement, retrouva sa bicyclette et, quand il l'enfourcha, sa courbature. »

Cécile Casanova (Seattle), dans *Les Misérables*,

de Victor Hugo : « La mère Thénardier faisait tout dans le logis, les lits, les chambres, la lessive, la cuisine, la pluie, le beau temps, le diable. »

Christophe de La Motte (Bruxelles), dans *Justine ou les Malheurs de la vertu*, de Sade : « Il arrive aussi échauffé de vin que de luxure. »

Mathilde Gié, dans *Courir*, de Jean Échenoz : « Bon, dit Émile, très bien, j'y vais, et il part seul un vendredi, en tenue militaire et en train, direction Berlin avec changement à Dresde. »

Laurence Beck, dans *Débarcadères*, de Jules Supervielle : « Sur le fleuve maintenant / Flottent le navire à roues et ma pensée. »

Marie-Odile Sauvajon, dans *Madame Bovary*, de Gustave Flaubert : « Il admirait l'exaltation de son âme et les dentelles de sa jupe. »

Marie-Noëlle Fabre dans *Chien de faïence* d'Andrea Camilleri : « Il l'accueillit non seulement avec une stupeur légitime, mais encore en slip et un verre de lait à la main. »

Jean-Dominique Serrat, chez Pierre Dac : « Il vaut mieux s'enfoncer dans la nuit qu'un clou dans la fesse droite. »

François Delaunay (Chenac-Saint-Seurin d'Uzet), chez Jacques Lacan : « C'est du français que j'vous cause, pas du chagrin, j'espère ! »

Vincent Hernot, dans *Éloge du gaucher*, de Jean-Paul Dubois : « J'ai toujours préféré le salon. Peut-être parce que les dames y portaient des talons et les hommes, la contradiction. »

Clément Luccioni (Hambourg), dans *Le*

Protocole compassionnel d'Hervé Guibert : « À l'article de la mort, on me proposait de réaliser un film, et par là mon rêve d'enfant. »

Et Malenda Landi (Montréal) cite le titre d'un livre de Tom Sharpe : *Comment se sortir d'une poupée gonflable et de beaucoup d'autres ennuis encore.*

Chanson :

Étienne Duvivier (Paris) a trouvé dans la chanson de Serge Gainsbourg, *L'Eau à la bouche* : « Laisse-toi au gré du courant / Porter dans le lit du torrent / Et dans le mien / Si tu veux bien. »

Marc Maisonnier, dans la chanson d'Eddy Mitchell : « J'ai fait installer la radio à crédit et en stéréo. »

Sébastien Motay, dans la chanson *Monsieur Johnson*, du groupe Les Wriggles : « Monsieur Johnson arrive d'un pas alerte et optimiste, pénètre le hall puis la standardiste… »

Damien Wilhelem (Chaumont), dans la chanson *Home Sweet Home*, de Zazie : « On devrait faire l'amour et la poussière. »

Sébastien V. (Singapour), dans la chanson *Ne me parle pas de rue*, de Booba : « J'mets la capote sur ma bite et sur ma Lamborghini. »

Cinéma :

Stéfanie Mirivel a trouvé, dans *Les Demoiselles de Rochefort*, de Jacques Demy : « On a ouvert la malle et aussi une enquête. »

Mehdi Khnissi, dans *Le Million*, de René Clair : « Prenez patience et quelque chose à boire. »

Presse :

Lydie Schuler a trouvé dans *Télérama* : « Joey Starr en flic empathique et en colère. »

Jérôme Stéfanini, aux infos de France Inter : « Les séparatistes ont jeté leur dévolu et des bombes sur Marioupol. »

Anne Stosser, aux mêmes infos de France Inter : « La grotte de Lascaux à Paris et à la fin de ce journal… »

Lionel Arrivé, dans une émission de sport d'une radio périphérique : « "N'koulou, blessé à la jambe à la CAN (Coupe d'Afrique des nations)", ce qui, phonétiquement, introduit le zeugma redondant : N'koulou blessé à la jambe à la canne… »

On peut en conclure, en appliquant à la lettre sa loi syntaxique, que le zeugma inspire le roman, le style, le rap, le cinéma, les auditeurs du *Masque*, ses critiques, son animateur, la bonne humeur, l'audace, l'érudition et même Internet. La preuve avec ce courriel de Guillaume Péron qui rappelle une évidence négligée, mais lumineuse. Il suffit d'écrire sur son ordinateur « convertir au » pour que Google propose la liste : « christianisme, judaïsme, PDF, format mp3… ». Le zeugma a aussi converti certains au *Masque et la Plume*.

Zutistes

En somme, *Le Masque et la Plume*, même lorsqu'il a prétendu le contraire, abordé des sujets dramatiques et parfois consenti à l'émotion, ne s'est jamais vraiment pris au sérieux. Dussé-je faire se retourner mes prédécesseurs dans leur tombe et les critiques d'aujourd'hui dans leur lit, c'est du côté de la farce, du vaudeville et de la provocation qu'il faut chercher le secret de sa longévité. À d'autres, la solennité, et son cortège de monologues empruntés, de poses inspirées, de jugements cravatés, de silences interminables, d'affliction ostentatoire, de subjonctifs passés et affectés. Ce que, dans des mails et des lettres prudes, d'aucuns lui reprochent encore : ses gros mots, ses contrepèteries, ses familiarités, ses métaphores licencieuses, ses formules irrespectueuses, ses brouhahas inaudibles, son cabotinage cacophonique, eh bien, *Le Masque* prend un malin plaisir à le cultiver. Pis : lorsque je sens que la tribune est tentée de céder à la grandiloquence professorale, qu'elle se hausse un peu du col et, rattrapée par la pesante loi de la gravité, prend le risque de distiller un léger ennui, je suis le premier (et je n'en suis pas toujours fier, et il m'arrive de ne pas me reconnaître) à lancer un pétard dans l'église, une saillie de mauvais goût dans le salon, du poil à gratter dans le dos des chroniqueurs et des « zut » dans le ronron.

J'ai souvent pensé que si, au XIXe siècle, les zutistes avaient disposé d'une radio, ils auraient conçu une manière de *Masque et la Plume*. Ces jeunes poètes, dont certains avaient déjà figuré au dîner mensuel des Vilains Bonshommes, où le menu comptait satires salées et gaillardises poivrées, se réunissaient dans un hôtel sis à l'angle des rues Racine et de l'École-de-Médecine, à Paris, pour dire « zut » aux parnassiens, à Leconte de Lisle, à la littérature amidonnée, à l'art académique et à l'ordre moral. Il y avait là Verlaine, Rimbaud, dix-sept ans et pas sérieux, Charles Cros, Germain Nouveau, vraiment nouveau, André Gill, Léon Valade ou encore l'hugolien Camille Pelletan, grand contempteur de Napoléon III. Ils fumaient comme des sapeurs, buvaient jusqu'à plus soif, entonnaient des chansons de carabins, faisaient des concours de néologismes et prétendaient fuir « la cohue des gens trop laids », tandis que l'excentrique Ernest Cabaner jouait du piano et initiait Rimbaud au chromatisme musical. Ils laissèrent même une trace manuscrite, en 1872, de leur inconvenance : l'*Album zutique*, où ils singeaient François Coppée, se parodiaient entre eux, composaient des « sonnets du trou du cul », des « conneries », des « remembrances du vieillard idiot » et autres « hypotyposes saturniennes ». Avec eux, la dérision n'était pas seulement une posture, c'était aussi un art.

Les zutistes étaient de drôles de zozos, des zouaves rieurs, des zèbres en liberté, d'insolents zigotos, des zélateurs excités qui semaient la zizanie, faisaient travailler les zygomatiques, produisaient des zeugmas, zigouillaient les importants, annonçaient les zazous et préfiguraient les Zorros, ces justiciers masqués dont la plume est une épée. Décidément, le *Z* nous va très bien.

REMERCIEMENTS

À mes deux complices et partenaires indispensables, Lysiane Sellam, qui m'aide précieusement à coordonner l'émission (et supporte mon caractère maniaque et obsessionnel depuis l'époque joyeuse de *L'Événement du Jeudi*), et Didier Lagarde, qui la réalise avec un doigté de pianiste, d'horloger et de maître jardinier, j'exprime ici toute mon affectueuse gratitude.

Et à ma fille Jeanne, qui, au retour d'un enregistrement du *Masque et la Plume* à l'Opéra de Nancy, m'a soufflé l'idée de ce livre-abécédaire, je redis ici tout mon amour.

Avant-propos 13

Artisanat 25
Bastide (François-Régis) 29
Bory (Jean-Louis) 35
Charensol (Georges) 42
Ciment (Michel) 49
Cinéma (La bande du) 56
Dieux 67
Dimanches soir (Les) 69
Élysée 72
Enfant du *Masque* (L') 75
Fatalité 78
Générique 83
Hernani (Bataille d') 87
Histoire 89
Instants critiques 96
Je me souviens 102
Justice (Action en) 119
K-O 121
Lettre (Une) 124

Livres (La bande des) 127
Méchanceté 141
Noyade 149
Ortie (Purin d') 153
Podcast 157
Polac (Michel) 159
Quarante ans 165
Révoltes 169
Secret (Un) 173
Spectateur absolu (Le) 175
Spectateurs (Nos) 182
Télévision 185
Théâtre (La bande du) 190
Tournées 199
Usure 203
Vaches 204
Verbatim 208
Widaux (Lucile) 215
Xanax 216
Yosekuma Terakasan (Guillaume de Fonclare alias) 219
Zeugma 229
Zutistes 236

Remerciements 239

DU MÊME AUTEUR

Romans

C'ÉTAIT TOUS LES JOURS TEMPÊTE, *Gallimard*, 2001. Prix Maurice Genevoix (Folio n° 3737).

LES SŒURS DE PRAGUE, *Gallimard*, 2007 (Folio n° 4706).

L'ÉCUYER MIROBOLANT, *Gallimard*, 2010. Prix Pégase Cadre Noir (Folio n° 5319).

BLEUS HORIZONS, *Gallimard*, 2013. Prix François Mauriac, prix Jean Carrière, Grand Prix de l'Académie nationale de Bordeaux (Folio n° 5805).

Récits

LA CHUTE DE CHEVAL, *Gallimard*, 1998. Prix Roger Nimier (Folio n° 3335, *édition augmentée*; La Bibliothèque Gallimard n° 145, *présentation et dossier de Geneviève Winter*).

BARBARA, CLAIRE DE NUIT, *La Martinière*, 1999 (Folio n° 3653, *édition augmentée*), *Gallimard*, 2017, *nouvelle édition*.

THÉÂTRE INTIME, *Gallimard*, 2003. Prix Essai France Télévisions (Folio n° 4028, *édition augmentée*).

BARTABAS, ROMAN, *Gallimard*, 2004. Prix Jean Freustié (Folio n° 4371, *édition augmentée*).

SON EXCELLENCE, MONSIEUR MON AMI, *Gallimard*, 2008. Prix Prince Pierre de Monaco, prix Duménil (Folio n° 4944, *édition augmentée*).

OLIVIER, *Gallimard*, 2011. Prix Marie-Claire (Folio n° 5445, *édition augmentée*).

Essais

POUR JEAN PRÉVOST, *Gallimard*, 1994. Prix Médicis Essai; Grand Prix de l'essai de la Société des gens de lettres (Folio n° 3257).

LITTÉRATURE VAGABONDE, *Flammarion,* 1995 (Pocket n° 10533, *édition augmentée).*

PERSPECTIVES CAVALIÈRES, *Gallimard,* 2003. Prix Pégase de la Fédération française d'équitation (Folio n° 3822).

LES LIVRES ONT UN VISAGE, *Mercure de France,* 2009 (Folio n° 5134, *édition augmentée*).

GALOPS. Perspectives cavalières II, *Gallimard,* 2013 (« inédit » Folio n° 5622).

LE VOYANT, *Gallimard,* 2015. Prix littéraire de la Ville de Caen, prix Nice Baie des Anges, prix Relay des Voyageurs lecteurs 2015, prix d'une vie – *Le Parisien Magazine* 2015, prix Robert-Joseph 2016 (Folio n° 6115, *édition augmentée,* Folio+Collège, n° 27, présentation et dossier de Marianne Chomienne). CD : *Gallimard,* coll. « Ecoutez lire », lu par Laurent Poitrenaux.

NOS DIMANCHES SOIR, *Grasset,* 2015 (Folio n° 6375).

Journal

CAVALIER SEUL, *Gallimard,* 2006 (Folio n° 4500, *édition augmentée*).

Correspondance

FRATERNITÉ SECRÈTE, CORRESPONDANCE JACQUES CHESSEX-JERÔME GARCIN, *Grasset,* 2012.

Dialogues

ENTRETIENS AVEC JACQUES CHESSEX, *La Différence,* 1979.

SI J'OSE DIRE, ENTRETIENS AVEC PASCAL LAINÉ, *Mercure de France,* 1982.

L'ÉCOLE BUISSONNIÈRE, ENTRETIENS AVEC ANDRÉ DHÔTEL, *Pierre Horay,* 1983.

DE MONTMARTRE À MONTPARNASSE, ENTRETIENS AVEC GEORGES CHARENSOL, *François Bourin*, 1990.

Direction d'ouvrages

DICTIONNAIRE DE LA LITTÉRATURE FRANÇAISE CONTEMPORAINE, *François Bourin*, 1988. Édition augmentée : DICTIONNAIRE DES ÉCRIVAINS CONTEMPORAINS DE LANGUE FRANÇAISE PAR EUX-MÊMES, *Fayard/Mille et une nuits*, 2004.

LE MASQUE ET LA PLUME, avec Daniel Garcia, *Les Arènes*, 2005. Prix du Comité d'Histoire de la Radiodiffusion (10-18 n° 3859).

NOUVELLES MYTHOLOGIES, *Le Seuil*, 2007 (Points Essais n° 661).

LES MEILLEURS ZEUGMAS DU MASQUE ET LA PLUME, illustrations de Jochen GERNER, *Gallimard*, 2016 (Folio entre guillemets n° 14).

COLLECTION FOLIO

Dernières parutions

6933. Nelly Alard	*La vie que tu t'étais imaginée*
6934. Sophie Chauveau	*La fabrique des pervers*
6935. Cecil Scott Forester	*L'heureux retour*
6936. Cecil Scott Forester	*Un vaisseau de ligne*
6937. Cecil Scott Forester	*Pavillon haut*
6938. Pam Jenoff	*La parade des enfants perdus*
6939. Maylis de Kerangal	*Ni fleurs ni couronnes* suivi de *Sous la cendre*
6940. Michèle Lesbre	*Rendez-vous à Parme*
6941. Akira Mizubayashi	*Âme brisée*
6942. Arto Paasilinna	*Adam & Eve*
6943. Leïla Slimani	*Le pays des autres*
6944. Zadie Smith	*Indices*
6945. Cesare Pavese	*La plage*
6946. Rabindranath Tagore	*À quatre voix*
6947. Jean de La Fontaine	*Les Amours de Psyché et de Cupidon* précédé d'*Adonis* et du *Songe de Vaux*
6948. Bartabas	*D'un cheval l'autre*
6949. Tonino Benacquista	*Toutes les histoires d'amour ont été racontées, sauf une*
6950. François Cavanna	*Crève, Ducon !*
6951. René Frégni	*Dernier arrêt avant l'automne*
6952. Violaine Huisman	*Rose désert*
6953. Alexandre Labruffe	*Chroniques d'une station-service*
6954. Franck Maubert	*Avec Bacon*
6955. Claire Messud	*Avant le bouleversement du monde*
6956. Olivier Rolin	*Extérieur monde*
6957. Karina Sainz Borgo	*La fille de l'Espagnole*
6958. Julie Wolkenstein	*Et toujours en été*

6959. James Fenimore Cooper	*Le Corsaire Rouge*
6960. Jean-Baptiste Andrea	*Cent millions d'années et un jour*
6961. Nino Haratischwili	*La huitième vie*
6962. Fabrice Humbert	*Le monde n'existe pas*
6963. Karl Ove Knausgaard	*Fin de combat. Mon combat - Livre VI*
6964. Rebecca Lighieri	*Il est des hommes qui se perdront toujours*
6965. Ian McEwan	*Une machine comme moi*
6966. Alexandre Postel	*Un automne de Flaubert*
6967. Anne Serre	*Au cœur d'un été tout en or*
6968. Sylvain Tesson	*La panthère des neiges*
6969. Maurice Leblanc	*Arsène Lupin, gentleman-cambrioleur*
6970. Nathacha Appanah	*Le ciel par-dessus le toit*
6971. Pierre Assouline	*Tu seras un homme, mon fils*
6972. Maylis Besserie	*Le tiers temps*
6973. Marie Darrieussecq	*La mer à l'envers*
6974. Marie Gauthier	*Court vêtue*
6975. Iegor Gran	*Les services compétents*
6976. Patrick Modiano	*Encre sympathique*
6977. Christophe Ono-dit-Biot et Adel Abdessemed	*Nuit espagnole*
6978. Regina Porter	*Ce que l'on sème*
6979. Yasmina Reza	*Anne-Marie la beauté*
6980. Anne Sinclair	*La rafle des notables*
6981. Maurice Leblanc	*Arsène Lupin contre Herlock Sholmès*
6982. George Orwell	*La Ferme des animaux*
6983. Jean-Pierre Siméon	*Petit éloge de la poésie*
6984. Amos Oz	*Ne dis pas la nuit*
6985. Belinda Cannone	*Petit éloge de l'embrassement*
6986. Christian Bobin	*Pierre,*
6987. Claire Castillon	*Marche blanche*
6988. Christelle Dabos	*La Passe-miroir, Livre IV. La tempête des échos*
6989. Hans Fallada	*Le cauchemar*

6990.	Pauline Guéna	*18.3. Une année à la PJ*
6991.	Anna Hope	*Nos espérances*
6992.	Elizabeth Jane Howard	*Étés anglais. La saga des Cazalet I*
6993.	J.M.G. Le Clézio	*Alma*
6994.	Irène Némirovsky	*L'ennemie*
6995.	Marc Pautrel	*L'éternel printemps*
6996.	Lucie Rico	*Le chant du poulet sous vide*
6997.	Abdourahman A. Waberi	*Pourquoi tu danses quand tu marches ?*
6998.	Sei Shônagon	*Choses qui rendent heureux* et autres notes de chevet
6999.	Paul Valéry	*L'homme et la coquille* et autres textes
7000.	Tracy Chevalier	*La brodeuse de Winchester*
7001.	Collectif	*Contes du Chat noir*
7002.	Edmond et Jules de Goncourt	*Journal*
7003.	Collectif	*À nous la Terre !*
7004.	Dave Eggers	*Le moine de Moka*
7005.	Alain Finkielkraut	*À la première personne*
7007.	C. E. Morgan	*Tous les vivants*
7008.	Jean d'Ormesson	*Un hosanna sans fin*
7009.	Amos Oz	*Connaître une femme*
7010.	Olivia Rosenthal	*Éloge des bâtards*
7011.	Collectif	*Écrire Marseille.* 15 grands auteurs célèbrent la cité phocéenne
7012.	Fédor Dostoïevski	*Les Nuits blanches*
7013.	Marguerite Abouet et Clément Oubrerie	*Aya de Yopougon 5*
7014.	Marguerite Abouet et Clément Oubrerie	*Aya de Yopougon 6*
7015.	Élisa Shua Dusapin	*Vladivostok Circus*
7016.	David Foenkinos	*La famille Martin*
7017.	Pierre Jourde	*Pays perdu*
7018.	Patrick Lapeyre	*Paula ou personne*

7019.	Albane Linÿer	*J'ai des idées pour détruire ton ego*
7020.	Marie Nimier	*Le Palais des Orties*
7021.	Daniel Pennac	*La loi du rêveur*
7022.	Philip Pullman	*La Communauté des esprits. La trilogie de la Poussière II*
7023.	Robert Seethaler	*Le Champ*
7024.	Jón Kalman Stefánsson	*Lumière d'été, puis vient la nuit*
7025.	Gabrielle Filteau-Chiba	*Encabanée*
7026.	George Orwell	*Pourquoi j'écris* et autres textes politiques
7027.	Ivan Tourguéniev	*Le Journal d'un homme de trop*
7028.	Henry Céard	*Une belle journée*
7029.	Mohammed Aïssaoui	*Les funambules*
7030.	Julian Barnes	*L'homme en rouge*
7031.	Gaëlle Bélem	*Un monstre est là, derrière la porte*
7032.	Olivier Chantraine	*De beaux restes*
7033.	Elena Ferrante	*La vie mensongère des adultes*
7034.	Marie-Hélène Lafon	*Histoire du fils*
7035.	Marie-Hélène Lafon	*Mo*
7036.	Carole Martinez	*Les roses fauves*
7037.	Laurine Roux	*Le Sanctuaire*
7038.	Dai Sijie	*Les caves du Potala*
7039.	Adèle Van Reeth	*La vie ordinaire*
7040.	Antoine Wauters	*Nos mères*
7041.	Alain	*Connais-toi* et autres fragments
7042.	Françoise de Graffigny	*Lettres d'une Péruvienne*
7043.	Antoine de Saint-Exupéry	*Lettres à l'inconnue* suivi de *Choix de lettres dessinées*
7044.	Pauline Baer de Perignon	*La collection disparue*
7045.	Collectif	*Le Cantique des cantiques. L'Ecclésiaste*
7046.	Jessie Burton	*Les secrets de ma mère*

7047. Stéphanie Coste — *Le passeur*
7048. Carole Fives — *Térébenthine*
7049. Luc-Michel Fouassier — *Les pantoufles*
7050. Franz-Olivier Giesbert — *Dernier été*
7051. Julia Kerninon — *Liv Maria*
7052. Bruno Le Maire — *L'ange et la bête. Mémoires provisoires*
7053. Philippe Sollers — *Légende*
7054. Mamen Sánchez — *La gitane aux yeux bleus*
7055. Jean-Marie Rouart — *La construction d'un coupable.* À paraître
7056. Laurence Sterne — *Voyage sentimental en France et en Italie*
7057. Nicolas de Condorcet — *Conseils à sa fille* et autres textes
7058. Jack Kerouac — *La grande traversée de l'Ouest en bus* et autres textes beat
7059. Albert Camus — *« Cher Monsieur Germain,... »* Lettres et extraits
7060. Philippe Sollers — *Agent secret*
7061. Jacky Durand — *Marguerite*
7062. Gianfranco Calligarich — *Le dernier été en ville*
7063. Iliana Holguín Teodorescu — *Aller avec la chance*
7064. Tommaso Melilli — *L'écume des pâtes*
7065. John Muir — *Un été dans la Sierra*
7066. Patrice Jean — *La poursuite de l'idéal*
7067. Laura Kasischke — *Un oiseau blanc dans le blizzard*
7068. Scholastique Mukasonga — *Kibogo est monté au ciel*
7069. Éric Reinhardt — *Comédies françaises*
7070. Jean Rolin — *Le pont de Bezons*
7071. Jean-Christophe Rufin — *Le flambeur de la Caspienne. Les énigmes d'Aurel le Consul*
7072. Agathe Saint-Maur — *De sel et de fumée*
7073. Leïla Slimani — *Le parfum des fleurs la nuit*

7074. Bénédicte Belpois — *Saint Jacques*
7075. Jean-Philippe Blondel — *Un si petit monde*
7076. Caterina Bonvicini — *Les femmes de*
7077. Olivier Bourdeaut — *Florida*
7078. Anna Burns — *Milkman*
7079. Fabrice Caro — *Broadway*
7080. Cecil Scott Forester — *Le seigneur de la mer. Capitaine Hornblower*
7081. Cecil Scott Forester — *Lord Hornblower. Capitaine Hornblower*
7082. Camille Laurens — *Fille*
7083. Étienne de Montety — *La grande épreuve*
7084. Thomas Snégaroff — *Putzi. Le pianiste d'Hitler*
7085. Gilbert Sinoué — *L'île du Couchant*
7086. Federico García Lorca — *Aube d'été* et autres impressions et paysages
7087. Franz Kafka — *Blumfeld, un célibataire plus très jeune* et autres textes
7088. Georges Navel — *En faisant les foins* et autres travaux
7089. Robert Louis Stevenson — *Voyage avec un âne dans les Cévennes*
7090. H. G. Wells — *L'Homme invisible*
7091. Simone de Beauvoir — *La longue marche*
7092. Tahar Ben Jelloun — *Le miel et l'amertume*
7093. Shane Haddad — *Toni tout court*
7094. Jean Hatzfeld — *Là où tout se tait*
7095. Nathalie Kuperman — *On était des poissons*
7096. Hervé Le Tellier — *L'anomalie*
7097. Pascal Quignard — *L'homme aux trois lettres*
7098. Marie Sizun — *La maison de Bretagne*
7099. Bruno de Stabenrath — *L'ami impossible. Une jeunesse avec Xavier Dupont de Ligonnès*
7100. Pajtim Statovci — *La traversée*
7101. Graham Swift — *Le grand jeu*
7102. Charles Dickens — *L'Ami commun*
7103. Pierric Bailly — *Le roman de Jim*

7104.	François Bégaudeau	*Un enlèvement*
7105.	Rachel Cusk	*Contour. Contour – Transit – Kudos*
7106.	Éric Fottorino	*Marina A*
7107.	Roy Jacobsen	*Les yeux du Rigel*
7108.	Maria Pourchet	*Avancer*
7109.	Sylvain Prudhomme	*Les orages*
7110.	Ruta Sepetys	*Hôtel Castellana*
7111.	Delphine de Vigan	*Les enfants sont rois*
7112.	Ocean Vuong	*Un bref instant de splendeur*
7113.	Huysmans	*À Rebours*
7114.	Abigail Assor	*Aussi riche que le roi*
7115.	Aurélien Bellanger	*Téléréalité*
7116.	Emmanuel Carrère	*Yoga*
7117.	Thierry Laget	*Proust, prix Goncourt. Une émeute littéraire*
7118.	Marie NDiaye	*La vengeance m'appartient*
7119.	Pierre Nora	*Jeunesse*
7120.	Julie Otsuka	*Certaines n'avaient jamais vu la mer*
7121.	Yasmina Reza	*Serge*
7122.	Zadie Smith	*Grand Union*
7123.	Chantal Thomas	*De sable et de neige*
7124.	Pef	*Petit éloge de l'aéroplane*
7125.	Grégoire Polet	*Petit éloge de la Belgique*
7126.	Collectif	*Proust-Monde. Quand les écrivains étrangers lisent Proust*
7127.	Victor Hugo	*Carnets d'amour à Juliette Drouet*
7128.	Blaise Cendrars	*Trop c'est trop*
7129.	Jonathan Coe	*Mr Wilder et moi*
7130.	Jean-Paul Didierlaurent	*Malamute*
7131.	Shilpi Somaya Gowda	*« La famille »*
7132.	Elizabeth Jane Howard	*À rude épreuve. La saga des Cazalet II*
7133.	Hédi Kaddour	*La nuit des orateurs*
7134.	Jean-Marie Laclavetine	*La vie des morts*

7135. Camille Laurens — *La trilogie des mots*
7136. J.M.G. Le Clézio — *Le flot de la poésie continuera de couler*
7137. Ryoko Sekiguchi — *961 heures à Beyrouth (et 321 plats qui les accompagnent)*
7138. Patti Smith — *L'année du singe*
7139. George R. Stewart — *La Terre demeure*
7140. Mario Vargas Llosa — *L'appel de la tribu*
7141. Louis Guilloux — *O.K., Joe !*
7142. Virginia Woolf — *Flush*
7143. Sénèque — *Tragédies complètes*
7144. François Garde — *Roi par effraction*
7145. Dominique Bona — *Divine Jacqueline*
7146. Collectif — *SOS Méditerranée*
7147. Régis Debray — *D'un siècle l'autre*
7148. Erri De Luca — *Impossible*
7149. Philippe Labro — *J'irais nager dans plus de rivières*
7150. Mathieu Lindon — *Hervelino*
7151. Amos Oz — *Les terres du chacal*
7152. Philip Roth — *Les faits. Autobiographie d'un romancier*
7153. Roberto Saviano — *Le contraire de la mort*
7154. Kerwin Spire — *Monsieur Romain Gary. Consul général de France*
7155. Graham Swift — *La dernière tournée*
7156. Ferdinand von Schirach — *Sanction*
7157. Sempé — *Garder le cap*
7158. Rabindranath Tagore — *Par les nuées de Shrâvana* et autres poèmes
7159. Urabe Kenkô et Kamo no Chômei — *Cahiers de l'ermitage*
7160. David Foenkinos — *Numéro deux*
7161. Geneviève Damas — *Bluebird*
7162. Josephine Hart — *Dangereuse*
7163. Lilia Hassaine — *Soleil amer*
7164. Hervé Le Tellier — *Moi et François Mitterrand*
7165. Ludmila Oulitskaïa — *Ce n'était que la peste*
7166. Daniel Pennac — *Le cas Malaussène I Ils m'ont menti*

7167. Giuseppe Santoliquido — *L'été sans retour*
7168. Isabelle Sorente — *La femme et l'oiseau*
7169. Jón Kalman Stefánsson — *Ton absence n'est que ténèbres*
7170. Delphine de Vigan — *Jours sans faim*
7171. Ralph Waldo Emerson — *La Nature*
7172. Henry David Thoreau — *Sept jours sur le fleuve*
7173. Honoré de Balzac — *Pierrette*
7174. Karen Blixen — *Ehrengarde*
7175. Paul Éluard — *L'amour la poésie*
7176. Franz Kafka — *Lettre au père*
7177. Jules Verne — *Le Rayon vert*
7178. George Eliot — *Silas Marner. Le tisserand de Raveloe*
7179. Gerbrand Bakker — *Parce que les fleurs sont blanches*
7180. Christophe Boltanski — *Les vies de Jacob*
7181. Benoît Duteurtre — *Ma vie extraordinaire*
7182. Akwaeke Emezi — *Eau douce*
7183. Kazuo Ishiguro — *Klara et le Soleil*
7184. Nadeije Laneyrie-Dagen — *L'étoile brisée*
7185. Karine Tuil — *La décision*
7186. Bernhard Schlink — *Couleurs de l'adieu*
7187. Gabrielle Filteau-Chiba — *Sauvagines*
7188. Antoine Wauters — *Mahmoud ou la montée des eaux*
7189. Guillaume Aubin — *L'arbre de colère*
7190. Isabelle Aupy — *L'homme qui n'aimait plus les chats*
7191. Jean-Baptiste Del Amo — *Le fils de l'homme*
7192. Astrid Eliard — *Les bourgeoises*
7193. Camille Goudeau — *Les chats éraflés*
7194. Alexis Jenni — *La beauté dure toujours*
7195. Edgar Morin — *Réveillons-nous !*
7196. Marie Richeux — *Sages femmes*
7197. Kawai Strong Washburn — *Au temps des requins et des sauveurs*
7198. Christèle Wurmser — *Même les anges*
7199. Alix de Saint-André — *57 rue de Babylone, Paris 7e*
7200. Nathacha Appanah — *Rien ne t'appartient*

Tous les papiers utilisés pour les ouvrages
des collections Folio sont certifiés
et proviennent de forêts gérées durablement.

Composition : IGS-CP à L'Isle-d'Espagnac (16)
Impression Novoprint
à Barcelone, le 11 octobre 2023
Dépôt légal : octobre 2023
1er dépôt légal dans la collection : septembre 2017

ISBN : 978-2-07-079276-4 / Imprimé en Espagne

623505